Dragon land

2 - L'héritier du Royaume Caché

W0364555

FLEURUS

Design de couverture : SKGD-Création
Illustration de couverture : Toma Danton

Direction : Guillaume Pô
Direction éditoriale : Sarah Malherbe
Édition : Estelle Mialon
Composition : SKGD-Création
Correction : Catherine Rigal
Direction de fabrication : Thierry Dubus
Fabrication : Audrey Bord

© Fleurus, Paris, 2021, pour l'ensemble de l'ouvrage.
www.fleuruseditions.com
ISBN : 978-2-2151-6617-7
MDS : FS66177

Tous droits réservés pour tous pays.
« Loi n° 49-956 du 16 juillet 1949 sur les publications destinées à la jeunesse, modifiée par la loi n° 2011-525 du 17 mai 2011. »

Johan Heliot

Dragon land

2 - L'héritier du Royaume Caché

FLEURUS

Chapitre 1
Une lueur dans la nuit

La leçon de maître Raven s'éternisait au-delà de l'ennui. Iselle n'écoutait plus le vieux professeur aux faux airs de hibou depuis longtemps.

Si ses yeux demeuraient grands ouverts sur le tableau noir, la jeune fille était déjà loin dans les airs. Dans ses pensées, l'apprentie dragonnière virevoltait en plein ciel en compagnie de sa mère, toutes deux montées sur le dos d'Ezekyelle...

– Où êtes-vous, mademoiselle ? Hein, où, où ? ulula soudain maître Raven. Pas ici, dans cette pièce, avec moi, c'est certain !

Iselle revint subitement à terre, dans le petit salon de la maison de ses parents, transformé en salle de classe dont elle était l'unique élève.

– Excusez-moi, je rêvassais, admit-elle.

– Je parie que vous voliez encore en imagination. Si vous consacriez autant d'efforts à la grammaire et aux conjugaisons qu'à vos acrobaties virtuelles, vous seriez à coup sûr une championne en la matière !

L'œil du professeur s'écarquillait derrière le verre épais de ses grosses lunettes rondes. Iselle retint un sourire. Elle avait du mal à le prendre au sérieux quand il la sermonnait. À quoi bon lui expliquer qu'elle se fichait de briller avec les règles d'accord des verbes et de leur sujet ?

Tout ce qui l'intéressait se résumait en un seul mot : dragons. Le reste relevait pour elle de futilités. Mais son père, Bertram le marchand, ainsi qu'Alyss, son aventurière de mère, insistaient pour l'instruire bien plus que nécessaire. Même si ça l'embêtait, Iselle ne voulait pas décevoir ses parents, car elle les aimait profondément. Un an plus tôt, elle aurait sûrement cherché à échapper à la leçon du vieux maître. Mais elle n'était plus une enfant effrontée du haut de ses presque douze années !

Alors elle s'empara de sa plume, la trempa dans l'encrier et demanda poliment :

– Pouvez-vous me rappeler où nous en étions, s'il vous plaît ?

Maître Raven bondit sur son estrade, l'index pointé sur la dernière ligne tracée à la craie blanche, tout en bas du tableau.

– À la façon dont s'emploie le subjonctif passé, répondit-il avec un cri de ravissement, comme s'il venait de mettre au jour un fabuleux trésor. Afin de mieux comprendre, vous allez décliner cet exemple à toutes les personnes et avec les trente verbes suivants...

Le poignet douloureux d'avoir noirci plusieurs feuillets de copie, Iselle se précipita dans l'écurie sitôt la leçon terminée. Il était bientôt l'heure du souper, mais, avant de rejoindre la table familiale, la jeune fille avait une importante visite à effectuer...

Ezekyelle l'accueillit avec un sifflement joyeux, comme à son habitude.

– *Moi aussi, je suis contente de te revoir, ma belle !* lui lança Iselle.

La grande femelle ailée agita son long cou d'arrière en avant pour la saluer. Elle ne portait jamais ces colliers d'acier qui empêchaient les dragons de cracher le feu et de parler, mais aucun mot ne franchissait sa gueule ourlée de crocs pour autant. Chaque fin de journée, Iselle prenait le temps de venir « bavarder » un peu avec elle, ou du moins d'essayer.

– *Comment s'est passée ta journée ? Moi, je me suis terriblement ennuyée !*

Depuis qu'elle avait découvert que les dragons étaient doués de la parole*, Iselle désespérait d'entendre résonner la voix d'Ezekyelle. Mais ce qui marchait dans leur monde d'origine, et la Vallée où ils se retiraient pour leurs vieux jours, ne fonctionnait pas à Idyllia. Sans doute à cause du métal présent en quantité dans cet environnement : outils, ustensiles de cuisine, armures, épées… jusqu'aux barreaux des

---

* Lire *Le Secret de la Vallée des Dragons*, dans la série « Dragonland », pour savoir comment !

horribles cages où l'on enfermait ceux qu'on considérait comme des bêtes dangereuses !

L'acier et le fer, le plomb, ou même l'or, n'étaient pas des matières appréciées des dragons. La plupart de ceux qu'Iselle et ses compagnons avaient libérés de leur prison glacée de Dragonland*, l'année précédente, refusaient pour cette raison de s'approcher des villes ou des villages. Ils préféraient vivre au plus près de la nature, dans les plaines lointaines du Nord ou les steppes sauvages. Iselle les comprenait. Elle regrettait le comportement des humains à leur égard, qui continuaient de nier l'intelligence de ces magnifiques créatures, malgré les preuves apportées par Alyss la Protectrice, ou d'autres trop rares défenseurs de leur cause, comme Artémus l'écuyer et son maître, sire Kendrick.

– *Il faudra encore longtemps avant de voir évoluer les mentalités, hélas*, soupira Iselle.

Elle-même y consacrerait son existence, elle se l'était juré. En attendant, Ezekyelle avait droit à un

---

* *Idem* !

traitement de faveur. Elle bénéficiait d'une stalle individuelle, à l'écart de ses congénères. Alyss avait insisté auprès de Bertram pour l'obtention de ce privilège. Ezekyelle était son dragon préféré, pas seulement pour sa beauté et sa sensibilité, mais aussi pour sa perspicacité. Certaines de ses écailles arboraient une jolie teinte émeraude, mais la plupart avaient viré au mauve. Ce qui indiquait que la dragonne entrait dans l'âge mûr, en pleine possession de ses moyens et de sa force. La flamme brillant au fond de ses yeux avait une telle vivacité qu'on l'aurait presque crue vivante !

– *Maître Raven essaie de m'inculquer les subtilités de la langue*, commença à lui raconter Iselle. *Le pauvre ignore qu'il y a d'autres moyens de communiquer...*

C'était devenu un rituel pour la jeune fille. Elle se confiait chaque soir à Ezekyelle, sans rien cacher de ses sentiments. Depuis que, l'année passée, elle avait vécu son aventure palpitante avec Artémus, l'écuyer de sire Kendrick, tout lui paraissait terne dans son existence. Les jours se ressemblaient tous, ponctués par les trop courtes séances d'entraînement au vol en compagnie d'Alyss et les fastidieuses leçons du vieux professeur.

De plus, le beau temps et la gaieté de la belle saison n'étaient plus que des souvenirs. Les températures baissaient de jour en jour. Le ciel s'emplissait de nuages gris. Le moral d'Iselle s'en ressentait.

– *Enfin*, conclut-elle avec un demi-sourire, *je vais arrêter de me plaindre, car je suppose que ça pourrait être pire !*

Ezekyelle souffla un mince jet de vapeur par les naseaux, exprimant son accord. Iselle se connecta à son esprit pour s'assurer qu'elle l'avait bien comprise. En tant que Protectrice des dragons – comme sa mère avant elle et la mère de sa mère, et ainsi de suite, aussi loin qu'on pouvait remonter dans le temps –, la jeune fille possédait ce don très rare. Ezekyelle lui envoya en retour l'équivalent d'une caresse mentale, d'une grande douceur.

– *Merci à toi, ma belle*, murmura Iselle en posant un baiser sur le bout du museau qui dépassait de l'ouverture du box. *Tu sais comment me remonter le moral.*

Elles échangèrent encore un peu, puis la cloche du dîner retentit. Les valets d'écurie, qui vaquaient à proximité, gagnèrent leur réfectoire en se réjouissant de la fin de leurs corvées. Iselle souhaita bonne nuit à Ezekyelle, pour la forme uniquement – car les dragons ne dormaient jamais vraiment, ou d'un œil seulement. Puis elle rejoignit ses parents dans la salle à manger.

Son repas avalé (une délicieuse part de tourte suivie d'une crème fouettée avec adresse par Linette, la cuisinière), Iselle prit congé, étouffant un bâillement. Elle n'était pas très fatiguée, mais son père n'avait cessé d'évoquer ses soucis d'approvisionnement en charbon (la nourriture des dragons) en prévision de la saison froide, un sujet qui ne la passionnait guère.

Bertram s'interrompit à peine pour l'embrasser, puis revint à ses préoccupations financières. Sa mère lui dit bonsoir d'un air navré. Alyss aurait aimé qu'Iselle s'intéresse davantage aux affaires de la maisonnée, parce qu'elle en hériterait tôt ou tard. Mais sa fille ne s'imaginait pas dans le rôle d'une marchande de dragons. Au contraire, elle rêvait de leur rendre leur liberté…

Sauf qu'alors les valets d'écurie n'auraient plus de travail, les gens ne pourraient plus se déplacer aussi rapidement partout dans Idyllia, et comment transporterait-on les objets les plus lourds et encombrants ? Sans même parler de la défense du territoire par les dragonniers, en cas d'attaque ! C'était vraiment un problème compliqué, mais elle s'était promis de lui trouver une solution, un jour.

Une fois dans sa chambre, Iselle alluma une chandelle, car la nuit était tombée. Elle expédia sa toilette, enfila une chemise confortable, démêla à coups de brosse sa chevelure épaisse et noire. La fraîcheur lui arrachant un frisson, elle se glissa vite sous son édredon.

Comme le sommeil tardait à l'emporter, elle rejoua en pensée les scènes de l'extraordinaire périple qui l'avait menée jusqu'à Dragonland, à la recherche de sa mère disparue. Elle finit par se demander comment se portaient Artémus et son maître. Ils avaient promis de donner des nouvelles, mais n'écrivaient pas souvent. Elle espérait que tout allait bien pour eux, ainsi que pour Arzach et Étincelle, leurs vaillantes montures...

Iselle sombrait peu à peu dans le sommeil. Avant de fermer les yeux, elle souffla la chandelle. Toutefois l'obscurité ne régna pas dans la chambre. Elle y voyait encore assez clair pour distinguer chacune des poutres du plafond. Ce n'était pas normal du tout.

Une lueur dorée s'échappait du tiroir, en haut de sa commode. À l'intérieur, enveloppée d'un carré de soie, se trouvait la demi-broche en forme de dragon aux ailes déployées qui était le symbole des Protectrices. Alyss conservait l'autre moitié dissimulée quelque part dans ses affaires.

Intriguée, Iselle repoussa l'édredon et sortit le bijou de sa cachette. Elle lâcha un cri à son contact : la broche taillée dans la dragonite, une pierre aussi précieuse que rare, était brûlante. « Encore heureux qu'elle n'ait pas mis le feu au bazar du tiroir », songea la jeune fille en soufflant sur sa paume.

C'est alors qu'elle eut la plus surprenante des visions...

Chapitre 2
La sphère mystérieuse

— Allons, ne sois pas si têtu, implora sire Kendrick. Je te demande pardon, là ! voilà, c'est dit… Tu es satisfait ? Maintenant, veux-tu bien souffler ne serait-ce qu'une minuscule flammèche sur ce tas de fagots, que je puisse me réchauffer les os ? Bon sang, je suis en train de geler sur place, bougre de lézard borné !

– Je ne crois pas que ce soit une bonne idée de l'insulter, fit remarquer Artémus.

Enveloppé d'une couverture trouée, la goutte au nez, l'écuyer assistait à la querelle entre son maître et Arzach depuis le creux entre deux racines où il avait trouvé refuge. Étincelle grignotait tranquillement l'écorce du gros chêne, pas du tout intéressée par la scène. Celle-ci se répétait soir après soir, tant sire Kendrick avait mauvais caractère et le dragon vert adorait le taquiner.

– Je ne vais tout de même pas le supplier ! s'offusqua le dragonnier. Un homme de mon rang a sa dignité…

Ce qui restait à démontrer, songea Artémus, se gardant bien d'exprimer une pareille opinion à voix haute. Au lieu de quoi, il suggéra :

– Vous pourriez le lui demander *gentiment*.

Le garçon appuya sur le dernier mot. Sire Kendrick jeta un regard outré au ciel étoilé, visible à travers le réseau de branches dénudées, loin au-dessus de leurs têtes.

– Je suis la politesse incarnée, sapristi !

– Ce n'est pas l'avis d'Arzach…

« … ni le mien ! », ajouta l'écuyer en pensée.

– Parce que tu comprends le sens de ses grognements ?

Artémus jugea plus prudent de ne pas répondre. Sans posséder le don d'Iselle, il parvenait à traduire les expressions du dragon vert. Pas aussi clairement que si ce dernier avait pu parler, bien sûr, comme ses semblables de la Vallée. Mais, à force d'attention et d'observation, il n'était pas difficile de traduire les émotions d'Arzach. Avant lui, l'écuyer avait noué une solide relation avec le vieil Oom, maintenant retraité. Le garçon était donc assez doué à ce petit jeu.

– Il n'a pas apprécié que vous lui voliez la vedette, cette après-midi, expliqua Artémus. Quand vous avez raconté aux villageois votre combat contre le dragon géant de glace*, vous vous êtes donné le beau rôle...

– Hé, j'ai failli me faire croquer par ce monstre congelé, rappela sire Kendrick. Et il a brisé mon épée !

C'était la vérité, mais le dragonnier oubliait de préciser qu'Arzach lui avait porté secours avec bravoure...

– N'empêche, vous n'étiez pas seul ! précisa Artémus en réprimant un frisson.

Il espérait mettre rapidement un terme à la dispute. Lui aussi voulait voir jaillir les flammes du foyer avant de tomber malade...

---

* Lire *Le Secret de la Vallée des Dragons* pour assister à ce combat !

– Je n'ai jamais prétendu le contraire ! Oh, bon, d'accord, je le reconnais : Arzach m'a peut-être un peu sauvé la vie, finit par admettre sire Kendrick, du bout des lèvres.

À ces mots, le dragon vert émit un sifflement de satisfaction. Puis il cracha un court jet de feu.

Aussitôt, un généreux brasier se mit à crépiter. Sire Kendrick et son écuyer s'approchèrent aussi près que possible sans risquer de se brûler, savourant la chaleur qui se répandait dans leurs membres.

Arzach se coucha au pied du chêne. Il enfouit son museau sous une aile, prêt à veiller sur le campement une nuit supplémentaire. Étincelle, quant à elle, continuait de brouter avec indifférence.

L'appétit de la licorne ne cessait de surprendre Artémus. Elle trouvait sa pitance n'importe où dans les bois, alors que le ventre de l'écuyer restait à moitié vide la plupart du temps. Les piécettes récoltées dans les tavernes où sire Kendrick contait ses exploits (largement exagérés) ne suffisaient pas à assurer un ravitaillement régulier.

Mais que pouvait bien faire d'autre un dragonnier privé de son épée et trop fauché pour s'en racheter une ? Déjà qu'en temps normal il se débrouillait pour éviter le danger, maintenant, aucun riche seigneur ou marchand ne l'engagerait pour protéger ses biens ou sa personne.

Sans travail et sans sou, il ne pouvait plus s'offrir de chambre dans une auberge, encore moins payer la pension d'Arzach et Étincelle. Bref, la situation de la petite troupe n'était guère reluisante. Et avec la saison froide qui s'annonçait, ça ne risquait pas de s'arranger !

L'estomac de sire Kendrick émit un long gargouillis.

– Qu'est-ce qu'il reste à manger ? demanda-t-il en tirant sur les poils de sa barbe en signe de nervosité.

– Des nèfles, répondit Artémus.

– On n'a vraiment plus rien ?

Le dragonnier semblait épouvanté.

– Si, de véritables nèfles, précisa l'écuyer. Je les ai cueillies dans la forêt. C'est tout ce que j'ai trouvé.

– Pouah ! Ces trucs sont dégoûtants... Je donnerais n'importe quoi pour un rôti saignant !

« Et moi donc... », songea Artémus. Mais il allait encore une fois se coucher sans avoir satisfait son appétit. Il se consola à l'idée qu'au moins il ne mourrait pas de froid, et s'enroula dans sa couverture, tout près du feu qui illuminait la clairière.

Sire Kendrick mâchonna quelques nèfles pourries (cet étonnant fruit en forme de toupie ne pouvant s'avaler autrement). Il recracha les pépins dans le foyer, où ils explosèrent en craquant. Cela fit un peu rire le dragonnier, jusqu'à ce qu'un fracas épouvantable les fasse tous sursauter, dragon et licorne compris.

Artémus se redressa, sa tignasse jaune d'épouvantail en bataille sur son crâne.

– C'était quoi ?

On aurait pu croire qu'une montagne venait de s'effondrer, si le plus proche sommet ne s'était pas trouvé à des centaines de lieues de là. La terre avait même tremblé un peu.

– Je ne sais pas, répondit sire Kendrick, mais ça ne me dit rien qui vaille !

Il jetait des coups d'œil affolés dans toutes les directions. La forêt était partout plongée dans l'obscurité. Un silence de mort régnait maintenant sur elle.

Arzach lâcha un sifflement en pointant son museau effilé vers la masse sombre d'un bouquet de fougères.

– Il a repéré quelque chose, souffla Artémus.

Les sens du dragon vert étaient plus aiguisés que ceux des humains. Lui voyait et sentait ce qui leur échappait.

Il n'était pas le seul. Étincelle agita sa corne de bas en haut et frappa plusieurs fois le sol du sabot…

– Va regarder de plus près, chuchota sire Kendrick. Moi, je surveille le campement.

L'écuyer étouffa un soupir. L'accès de bravoure dont son maître avait fait preuve à Dragonland appartenait hélas au passé.

Artémus s'avança à pas prudents, flanqué d'Arzach et d'Étincelle. En cas de danger, la présence du dragon et de la licorne le rassurait. Si un ennemi se dissimulait dans les broussailles, il se ferait aussitôt griller ou embrocher !

Malgré tout, le garçon n'en menait pas large. Planté devant le bosquet, il sonda les ténèbres, en vain.

– Peux-tu nous éclairer un peu ? demanda-t-il à Arzach, aussi bas que possible.

Le dragon fit alors jaillir une courte flamme de sa gueule entrouverte. Artémus écarta d'une main tremblotante de grandes feuilles de fougère… et ce qu'il découvrit derrière le laissa sans voix !

Il n'avait jamais rien vu de pareil ! Ça ressemblait à une boule de métal, une sphère parfaite à la surface de laquelle se reflétait le feu s'échappant de la gueule d'Arzach. Ce n'était pas plus gros que les deux poings d'un homme, et c'était apparemment *sorti de terre*, à en juger par la brèche ouverte à proximité.

Stupéfait, le garçon resta un temps à l'observer.

– Alors ? appela sire Kendrick, d'une voix pas très assurée. Qu'est-ce que c'est ?

– Je n'en ai pas la moindre idée !

Artémus tâta la mystérieuse sphère du bout du pied. Elle n'était pas aussi solide qu'il y paraissait, car son gros orteil s'y enfonça à moitié…

Soudain, elle se mit à pousser de petits cris stridents !

Le cœur de l'écuyer rata quelques battements. Étincelle lâcha un hennissement et Arzach siffla de curiosité, approchant le museau pour la renifler.

Puis la sphère luisante commença de se fendiller, révélant un bien curieux contenu…

Chapitre 3

Un départ précipité

– Un minuscule dragon blanc ? interrogea Alyss. Tu es absolument certaine ?

Iselle hocha la tête avec vigueur. Pourquoi sa mère ne la croyait-elle pas ?

– Je sais ce que j'ai vu, même si je ne m'explique pas comment !

Sitôt remise de ses émotions, la jeune fille avait couru avertir Alyss de sa vision. Mais il avait fallu attendre la fin de son interminable discussion sur le prix du charbon avec Bertram. Iselle avait donc patienté dans le couloir. Quand, enfin, son père s'était décidé à aller se coucher, Alyss avait gagné son cabinet de toilette. C'est là qu'Iselle lui avait tout raconté.

– La broche qu'a sculptée Grymond possède des pouvoirs insoupçonnés, rappela Alyss. Elle nous avertit quand un danger menace les dragons, mais pas seulement. Attends un peu…

Elle souleva une lame du parquet et extirpa de sa cachette sa propre moitié du bijou. Le demi-dragon conservait sa couleur sombre, ne dégageant aucune chaleur.

– Curieux, dit Alyss. Il n'y a aucune réaction.

– Qu'est-ce que ça veut dire, maman ?

– Que la dragonite a choisi à quelle Protectrice s'adresser. La vision t'était spécialement destinée.

– Pourquoi moi ? Tu es bien plus expérimentée !

– Grymond pourra peut-être nous l'expliquer, ou alors son frère jumeau. Mais ce n'est pas le plus important pour le moment. Ce que tu as vu l'est davantage…

– Si tu pouvais m'expliquer ce que c'était !

Alyss acquiesça, et posa ses mains sur les épaules d'Iselle avant de révéler, avec beaucoup d'émotion :

– Tu as assisté à un événement exceptionnel : la naissance d'un dragon !

Cette nuit-là, Iselle eut du mal à trouver le sommeil. Elle ne cessait de se tourner et de se retourner dans son lit sous l'effet de l'excitation.

Une naissance de dragon ! Personne dans tout Idyllia ne pouvait se vanter d'en avoir vu une seule se dérouler. On ne savait d'ailleurs pas comment ces êtres venaient au monde. Le plus grand débat portait sur l'existence même d'un œuf, car on n'en avait jamais trouvé de traces dans la nature.

D'après la vision de la broche, c'était pourtant bien ainsi que cela se produisait : le petit dragon blanc s'était extirpé à grands coups de griffes et de crocs d'une espèce de boule aux reflets brillants. Puis il avait déployé ses ailettes immaculées, déplié son cou et promené un regard neuf autour de lui.

Et, aussi incroyable que cela puisse paraître, Iselle avait cru reconnaître le visage d'Artémus dans l'œil lumineux du nouveau-né.

Comme la vision s'était brusquement effacée et qu'Iselle n'était pas sûre d'elle, la jeune fille n'avait pas évoqué l'écuyer devant sa mère. Alyss l'aurait soupçonnée d'être secrètement amoureuse de ce grand dadais, ou quelque chose d'aussi ridicule... N'importe quoi !

Iselle finit quand même par s'endormir, et rêver d'aventures dans l'univers glacé de Dragonland.

Le lendemain matin, Iselle trouva son père attablé, seul, devant un copieux petit-déjeuner.

– Où est maman ? s'étonna-t-elle.

Bertram leva les yeux au ciel (ou, plus exactement, au plafond de la salle à manger).

– Tu connais ta mère, soupira-t-il. Elle a filé à l'aube sans explication. Une course urgente, apparemment... Hé, qu'est-ce qui te prend, à toi aussi ?

Mais Iselle ne l'écoutait plus. Elle filait déjà vers l'écurie, écartant ces benêts de valets de son passage en s'écriant :

– Faites place !

Comme elle s'y attendait, la stalle d'Ezekyelle était vide ! Iselle se mit à pester. Elle alpagua un des valets d'écurie et demanda :

– Quand Alyss s'est-elle envolée ?

– Y a une heure, à peu près, mam'zelle.

– Tu as vu quelle direction elle a empruntée ?

Le garçon d'écurie se gratta le crâne en signe d'intense réflexion.

– Par là, je crois bien, répondit-il en agitant la main du côté est.

Cela confirma les soupçons d'Iselle. Sa mère était bien partie en vol pour la Vallée, cet endroit coincé entre les mondes où les dragons âgés venaient achever leur existence. La veille, Alyss n'avait pas évoqué par hasard Grymond et son jumeau, Marmaduke, les gardiens des Portails qui verrouillaient l'accès à la Vallée ainsi qu'à Dragonland. Elle avait sûrement pour projet de les interroger sur le sens de la vision d'Iselle.

Mais pourquoi ne l'avait-elle pas emmenée ? Elle n'était plus une enfant, bon sang, elle l'avait assez prouvé !

Cependant, Alyss ignorait un détail important : le reflet d'Artémus dans la pupille du bébé dragon. Et si ça n'avait rien d'une illusion ? Si la petite créature se trouvait en compagnie de l'écuyer en ce moment même ?

Dans ce cas, il suffisait de remonter la piste de sire Kendrick pour les retrouver. Et comme le dragonnier ne passait pas inaperçu, ça ne devrait pas être tellement compliqué… D'autant qu'Iselle disposait d'un indice !

– Prépare le plus rapide de nos dragons ainsi qu'une réserve de boulets de charbon, ordonna-t-elle au valet. Qu'il soit prêt à décoller à mon retour !

Puis elle le planta là, courut jusqu'à la maison, grimpa les escaliers à toute vitesse et s'enferma dans sa chambre. Elle ouvrit le tiroir du haut de sa commode, en sortit la demi-broche de dragonite et l'épingla à sa tunique. Enfin, elle relut attentivement la dernière lettre expédiée par Artémus, s'arrêtant sur le passage suivant :

Sire Kendrick a encore eu une de ses idées stupides : nous faire rejouer (à son avantage, comme tu dois t'en douter) devant un public de villageois le combat contre le grand dragon de glace, et faire payer la représentation ! Nous allons donc parcourir dans les semaines à venir la campagne de Libre-Comté afin de nous y donner en spectacle. Si cela rapporte suffisamment, j'espère que nous pourrons revenir en ville avant la saison froide, et que nous nous reverrons...

De son écriture appliquée, Artémus l'assurait ensuite de son amitié et s'enhardissait même à l'embrasser en conclusion. Ce qui faisait sourire Iselle. Il osait par écrit bien plus que dans la réalité !

Mais peu importait. Elle savait maintenant où le chercher : quelque part dans la province de Libre-Comté, à moins d'un jour de vol à dos de dragon, si ses souvenirs de géographie n'étaient pas erronés.

Elle fourra quelques habits dans un sac, enfila son manteau le plus chaud (doublé en laine de chèvre à poil long) et redescendit sur la pointe des pieds pour piller discrètement le garde-manger.

Bertram avait fini son petit-déjeuner, il devait avoir rejoint son bureau. Iselle s'en voulut de partir sans le prévenir, comme Alyss. Mais il aurait tenté de la retenir, et elle ne pouvait pas trahir le secret des Protectrices – sa mère lui avait fait jurer de ne jamais parler de leur don, pas même à son père, malgré tout leur amour pour lui.

Elle se consola en pensant qu'elle serait de retour au plus tard dans deux jours, que son père la gronderait pour la forme et que tout se terminerait au mieux.

Iselle ne pouvait pas se tromper davantage, encore moins se douter qu'elle se lançait dans une aventure plus fantastique encore que celle de l'année passée !

Chapitre 4

Des horreurs absolument répugnantes !

Lorsqu'il découvrit la trouvaille d'Artémus, blottie entre les bras de l'écuyer, sire Kendrick en resta bouche bée. Mais, comme il n'était pas dans ses habitudes de rester longtemps muet, il ne tarda pas à faire son intéressant.

– Je crois qu'on appelle ça un dragonnet, avança-t-il, grattant les poils de sa barbe en signe de perplexité. Ou bien un dragonneau. Enfin, c'est ce qu'on dirait si ça pouvait exister !

– Vous avez des yeux pour voir, rétorqua Artémus. Ce dragonneau n'est pas le fruit de notre imagination.

– Personne n'en a jamais rencontré. Il doit bien y avoir une raison.

L'écuyer se mit à cogiter à voix haute.

– Les dragons exilés à Idyllia sont tous adultes. S'ils ont des bébés, ils savent bien les cacher. Ou alors…

Il entrevoyait une autre possibilité, dont le sens lui échappait.

– Ou alors quoi ? s'impatienta sire Kendrick.

Artémus avait encore en tête l'horrible fracas et le tremblement du sol.

– Ou alors ce dragonneau arrive tout droit d'un autre monde. Peut-être directement de Dragonland ?

– Et comment aurait-il débarqué à Idyllia, en plein milieu de ces bois ? Tu l'as bien regardé ? Je suis sûr qu'il ne tient même pas sur ses pattes ! Il a l'air moins costaud qu'un poulet…

Arzach siffla de mécontentement à cette peu flatteuse comparaison. Sire Kendrick l'ignora, emporté par son élan :

– Ce n'est qu'un modèle réduit de dragon, sûrement déposé à l'abri du bosquet de fougères par ses parents en attendant qu'il puisse briser sa coquille. Ne crée pas de mystère là où il n'y en a pas.

Artémus n'insista pas. Son maître était très doué pour nier les faits étranges !

Sire Kendrick avait tout de même raison sur un point : le dragonneau ne prenait guère de place, il ne pesait pas bien lourd et il était plutôt doux au toucher. Sa peau ne se couvrait pas encore d'écailles aussi dures que l'acier. Mais la flammèche allumée dans le fond de ses yeux noirs dansait déjà avec vivacité.

L'écuyer l'enveloppa dans un pan de sa couverture pour le protéger du froid. Le dragonneau glissa son minuscule museau sous une de ses ailettes, adoptant d'instinct la position de repos.

– Il a l'air épuisé, observa le garçon. Je vais veiller sur lui, cette nuit.

– Parfait, reste vigilant. Moi, j'ai besoin de dormir !

S'il n'avait pas ses dix heures de repos quotidiennes, sire Kendrick ne fonctionnait qu'au quart de ses capacités, déjà pas très élevées en temps normal…

Artémus se blottit près du feu avec son protégé. Étincelle vint le renifler. Elle secoua sa crinière dorée en agitant sa corne.

– Ne sois pas nerveuse, lui souffla l'écuyer. Il est comme toi, sans doute unique dans tout Idyllia.

Ces paroles enveloppées de douceur apaisèrent la licorne. Elle rejoignit ensuite Arzach, qui montait la garde tout près de là. Ils étaient devenus aussi proches que leurs différences de nature le permettaient. En tout cas, ils se comprenaient. Artémus les surprenait souvent à échanger par gestes ou grognements.

Ils eurent ainsi une « conversation » sous les yeux du garçon, tandis que les ronflements de sire Kendrick rompaient le silence. Le dragon vert paraissait troublé depuis l'apparition inexpliquée de son petit congénère. Artémus regrettait de ne pas disposer du même don qu'Iselle. Il aurait alors pu partager les pensées d'Arzach et comprendre ce qui le tourmentait.

Évoquer son amie la plus chère (Étincelle mise à part) rendit le garçon mélancolique. Il avait hâte de la revoir, comme il l'avait écrit dans sa dernière lettre – en s'appliquant, pour prouver qu'il avait lui aussi de l'éducation, même si manier la plume n'était pas un exercice évident. Mais la décision appartenait à son maître. Dès qu'il aurait amassé de quoi s'y offrir une chambre douillette, le dragonnier s'envolerait pour la ville. Artémus l'y rejoindrait sur le dos d'Étincelle. Il imaginait déjà la surprise d'Iselle quand il lui présenterait leur nouveau compagnon de voyage !

Au petit matin, une brume épaisse, collante, envahissait la clairière. Le feu s'était éteint, mais la couche de cendres demeurait tiède. Artémus en réserva l'équivalent d'une cuillerée pour le petit dragon blanc avant qu'Arzach n'engloutisse le reste en guise de petit-déjeuner. Le dragonneau ne se fit guère prier et goba le tout en une bouchée.

– Quel glouton ! se moqua sire Kendrick.

« Il est bien placé pour dire ça, songea l'écuyer. Avec sa large panse débordant de sa ceinture… »

– La température a encore baissé, préféra-t-il faire remarquer.

Ainsi, il espérait inciter son maître à décider de leur retour en ville. Mais le dragonnier avait une autre idée en tête.

– J'ai bien réfléchi, durant la nuit...

Aïe ! ça ne lui réussissait guère, généralement. Artémus s'attendait au pire... il ne fut pas déçu.

– Je me suis dit qu'on pouvait tirer bénéfice de ce drôle de loustic, ajouta sire Kendrick en désignant le dragonneau.

– De quelle façon ?

– Personne n'a jamais rien vu de pareil, pas vrai ? Alors faisons payer les gens pour ce privilège. Je suis sûr qu'on pourra amasser une fortune avant la fin de la saison froide !

Artémus ne masqua ni sa déception ni son indignation.

– Ce n'est pas un objet d'exhibition ! Et dois-je vous rappeler l'expérience malheureuse d'Étincelle ?

Quelques semaines plus tôt, sire Kendrick avait tenté d'incorporer la licorne à sa représentation. Mais les villageois de Libre-Comté s'étaient effrayés de son apparition. Ils avaient fui en poussant des cris et en brandissant des amulettes de protection. Les plus hardis avaient même sorti fourches et faux pour tenter d'occire le « monstre à corne », ce qui avait rappelé à Artémus le comportement du sergent Millepertuis et de sa patrouille du guet*.

– Tu ne peux pas comparer, rétorqua le dragonnier, un brin vexé. Cette fois, ça va marcher. Dépêchons-nous de gagner le village le plus proche et je te le prouverai !

L'équipage cheminait depuis des heures sur un sentier sinueux tracé dans la forêt. La brume avait fini par se lever en milieu de journée, mais l'air restait chargé d'humidité et toujours frais, à l'ombre des grands conifères bleus et verts.

Artémus gardait le dragonneau enveloppé dans sa couverture, craignant pour sa santé. Ceux de son

* Lire *Le Secret de la Vallée des Dragons*.

espèce n'aimaient pas se mouiller et le froid leur était une rude épreuve. Arzach lui-même ne paraissait pas au meilleur de sa forme.

Quand atteindraient-ils donc le prochain village de bûcherons ou de charbonniers ?

L'écuyer s'impatientait lorsque le sol se mit à vibrer sous les sabots d'Étincelle.

Comme avant le surgissement de la sphère mystérieuse, la veille au soir, un grondement monta du sous-sol et des fissures se dessinèrent en travers du chemin.

– Oh non ! s'exclama sire Kendrick. Ça ne va pas recommencer !

Arzach siffla avec furie, sur le qui-vive. Étincelle se cabra et lâcha un long hennissement.

L'œil écarquillé de stupeur, Artémus vit tout un tas de répugnantes horreurs s'extirper des brèches en travers du sentier...

Dotées de trop nombreuses paires de pattes, moitié rampant, moitié courant à ras de terre, les repoussantes apparitions avaient à peu près la taille d'un homme, mais c'était là leur seul point commun avec l'espèce humaine. On aurait dit un mélange raté d'insecte et d'humain, empruntant des éléments aux deux sans aucune logique.

Les corps étaient trapus et souples, capables de s'articuler dans tous les sens, couverts d'une sorte de carapace luisante. Les têtes se réduisaient à leur plus simple expression : deux billes laiteuses en guise d'yeux, un nez absent, une bouche sans lèvres qui s'ouvrait sur des espèces de crochets s'entrechoquant en cliquetant...

Une partie de ces horreurs se rua sur Arzach et le dragonnier, qui avançaient en tête. Une autre les contourna pour encercler Étincelle.

La flamme du dragon vert repoussa la première vague d'assaillants. Artémus s'agrippa à la crinière de la licorne quand elle donna une ruade pour projeter en l'air une paire d'atrocités.

Le combat était toutefois inégal. Il arrivait sans cesse de nouvelles visions de cauchemar. S'ils ne se dégageaient pas rapidement de ce piège, sire Kendrick et son équipage risquaient de succomber sous le flot ininterrompu de leurs agresseurs.

Un coup de corne à gauche, un coup de corne à droite... Étincelle se fraya un passage jusqu'à Arzach. Le feu du dragon vert était leur meilleure défense. Mais il ne durerait pas éternellement !

Entre les bras de l'écuyer, le dragonneau s'agita soudain, comme s'il voulait participer au combat. Artémus eut du mal à le maintenir au calme. Il poussait des piaillements, crachotait de minuscules flammèches qui s'éteignaient sitôt jaillies de sa gorge...

Tout ça ne pouvait pas impressionner l'adversaire. Et pourtant... les horreurs sorties de terre suspendirent leur attaque. Elles se regroupèrent alors en une masse si compacte qu'il était difficile de les distinguer les unes des autres.

Bientôt, elles ne formèrent plus qu'une seule créature, immense, dotée de membres par dizaines. De cet amas improbable s'éleva une voix étrange, qui semblait arriver de très loin :

– *Rendez à Morlok ce qui lui revient et vous aurez la vie sauve ! Rendez-moi l'Héritier, ou bien vous mourrez !*

– Ça mérite considération, Artémus, murmura sire Kendrick, accroché tout tremblant au cou d'Arzach. Montre-toi raisonnable, mon garçon, et donne-lui ce qu'il réclame.

– Pas question ! s'écria l'écuyer, outré devant cette lâche capitulation.

– Il vaut sûrement mieux ne pas fâcher ce Morlok... Non mais, tu as vu sa taille ?

– Je m'en fiche !

Artémus resserra son étreinte autour du dragonneau. Puis, rassemblant son courage, il lança à la colonne infernale :

– Le destin a placé cet héritier entre nos mains. Nous le défendrons jusqu'à notre dernier souffle !

Sire Kendrick faillit s'étrangler. Morlok, lui, se contenta de répliquer :

– *Qu'il en soit fait selon votre volonté...*

Chapitre 5

Dragon en péril !

Vue du ciel, la Libre-Comté était un enchantement pour les yeux d'Iselle. Ses lacs et ses millions de résineux composaient une merveilleuse broderie où se déclinaient toutes les teintes allant du vert le plus pâle au plus soutenu des bleus.

La balade n'aurait pas manqué d'attrait si le vent qui soufflait en altitude ne giflait les joues de la dragonnière, déjà rougies par le froid. Malgré son épais manteau de laine, la jeune fille frissonnait de plus en plus.

Belzébul, sa monture, n'appréciait pas non plus la baisse de température. Iselle lui envoyait des encouragements en pensée, lui promettant double ration de charbon dès leur arrivée.

Le dragon orangé ne ménageait pas sa peine. Il volait sans pauses depuis le début de la matinée, en s'aidant des courants qu'il savait détecter d'instinct pour accroître sa vitesse. À l'allure adoptée, il avait fallu moins de temps que prévu pour atteindre la Libre-Comté.

Maintenant, Iselle devait ouvrir l'œil, et le bon ! À en croire sa lettre, Artémus parcourait avec ses compagnons les chemins de cette paisible province de bûcherons et de charbonniers. Ses mines étaient aussi réputées que le bois de ses forêts. Les habitations se regroupaient en hameaux et villages éparpillés au gré d'innombrables clairières, qui faisaient comme des trous dans cette tapisserie sylvestre.

Des filets de fumée échappés des cheminées permettaient de repérer les maisonnettes de loin. Iselle demandait à Belzébul de descendre en piqué audessus de chaque rassemblement de cabanes, le temps de vérifier que ses amis ne s'y trouvaient pas. Puis le dragon orangé rebattait vigoureusement des ailes pour s'élever de nouveau. Et le manège se répétait quelques lieues plus loin, sans plus de succès.

La journée s'étirait en longueur. Iselle commençait à désespérer. Sire Kendrick aurait-il décidé d'abandonner la Libre-Comté depuis la dernière lettre d'Artémus ? Dans ce cas, l'écuyer n'aurait pas manqué de l'en informer. Et le service aéropostal d'Idyllia étant plutôt efficace, le nouveau courrier serait arrivé, délivré par dragon express, comme les précédents.

Non, elle en était certaine : Artémus se trouvait dans les parages. Un peu de persévérance et…

Un jet de feu fusa soudain entre les branches, calcinant quelques sapins, à moins d'une lieue de distance.

Belzébul poussa un grognement d'alerte.

– J'ai vu, répondit Iselle. Un des tiens semble en péril. Allons lui porter secours.

En dépit de sa fatigue, le dragon orangé redoubla d'ardeur. Il corrigea sa trajectoire et fonça à tire-d'aile en direction des conifères fumants.

Un premier survol ne permit pas à Iselle de remarquer grand-chose. La forêt était si dense que tout ce qui se déroulait sous les branchages lui demeurait caché. Belzébul effectua un second passage après un virage serré. Cette fois, la Protectrice crut distinguer une parure d'écailles d'un vert très vif...

– Arzach ! s'écria-t-elle. Mais il n'est pas seul là-dessous !

Elle n'était pas bien sûre de ce qu'elle avait entrapercu, mais ça lui avait paru énorme et menaçant.

Seulement, Belzébul ne pouvait pas se poser, encore moins souffler sa flamme au jugé, car il aurait risqué d'atteindre Arzach. Le malheureux n'était pas en mesure de prendre son envol pour fuir le danger, toujours à cause des arbres trop serrés...

Sous la laine de son manteau, la demi-broche d'Iselle se mit à chauffer et briller. La dragonite réagissait avec une telle intensité que la jeune fille fut incapable de le supporter. D'un geste, elle arracha le bijou épinglé.

Mais, dans sa hâte, Iselle manqua d'adresse. Son précieux emblème lui échappa et chuta vers le sol... le temps d'un battement de cils, il avait disparu sous les branches.

– Oh zut ! Vite, Belzébul, vole jusqu'à la clairière la plus proche ! On doit absolument se poser !

Le dragon orangé manœuvra dans la seconde. Il avait perçu la panique dans la voix de la jeune fille.

Moins d'une minute plus tard, il repliait ses ailes, exténué, au milieu d'une trouée dans la forêt, occupée par une poignée de baraques en rondins. Leurs occupants pointèrent le nez aux fenêtres et, pour les plus audacieux, sur le perron. La plupart avaient une serviette autour du cou et des couverts à la main.

– Désolée de vous déranger au milieu du dîner ! lança Iselle en agitant la main pour les saluer.

Tout le monde fixait le dragon orangé d'un air affolé. Iselle comprit pourquoi en découvrant les tas de charbon stockés près des habitations. Belzébul les avait repérés, lui aussi. Il se précipita dessus en se pourléchant les babines. La jeune fille eut beau tenter de l'en dissuader, il avait trop faim pour résister. En quelques coups de gueule, il engloutit plusieurs dizaines de pelletées de succulents boulets.

– Navrée, assura Iselle. Vous pourrez adresser la facture à Bertram, le marchand de dragons de la capitale.

Rassasié, Belzébul émit un rot puant le soufre. Puis il s'élança au trot sur le chemin qui partait dans la direction de l'endroit où Iselle avait perdu sa demi-broche.

– Reste sur tes gardes, lui conseilla la dragonnière. Le danger peut surgir à tout instant...

Elle étouffa un cri quand quelque chose jaillit au détour d'une courbe, fonçant droit sur eux. D'instinct, Belzébul faillit cracher le feu. Mais Iselle l'arrêta au dernier moment. Avec un immense soulagement, elle avait reconnu Arzach et Étincelle, ainsi que leurs cavaliers. Celui sur la licorne arborait un sourire épanoui.

– Je savais que c'était toi quand j'ai trouvé ça par terre ! lança joyeusement Artémus en désignant le bijou épinglé à sa pelisse.

Belzébul et Étincelle se reniflèrent de près, les naseaux frémissants. Iselle rassura le dragon orangé, qui n'avait jamais vu de licorne, d'une pensée bienfaisante. Puis elle récupéra son bien avec reconnaissance.

– Merci, Artémus ! Je ne sais pas ce que j'aurais fait si j'avais perdu ma broche.

– Elle est tombée du ciel, littéralement. Mais ce n'est pas le seul miracle. Elle nous a aussi sauvés des griffes de Morlok !

Alors, il lui décrivit en quelques mots l'horrible apparence de ce dernier. Sire Kendrick hocha la tête pour confirmer. Il semblait encore sous le choc de cette rencontre qui avait failli très mal tourner.

– Jamais entendu parler de ce Morlok, avoua Iselle. D'où est-ce qu'il sort ?

L'écuyer haussa les épaules pour marquer son ignorance.

– De quelque part sous nos pieds, ou peut-être de plus loin ? Aucune idée. Tout ce que je sais, c'est qu'il n'aime pas la dragonite. Il s'est éclipsé alors que ta broche l'a à peine effleuré. Elle brillait comme jamais et dégageait une chaleur incroyable ! Elle a repris son aspect normal dès que Morlok a disparu. Tu nous as sauvé la vie en la lui jetant dessus !

– Je ne l'ai pas vraiment fait exprès, mais j'en suis ravie !

Iselle avisa soudain la petite boule qu'Artémus tenait dans ses bras. Le dragonneau dardait la flamme minuscule de son regard sur la nouvelle venue. Exactement comme dans sa vision de la veille.

– Morlok l'a appelé « l'Héritier », l'informa Artémus. Mais il n'a pas précisé de qui ou de quoi.

– Je pense que Grymond et Marmaduke sauront nous renseigner, dit Iselle. Demain, si tu le veux bien, on partira pour la Vallée interroger les gardiens.

– Pas si vite, jeune demoiselle ! protesta sire Kendrick. Je n'ai aucune envie de retourner dans cet endroit inhospitalier. Il y fait beaucoup trop chaud, d'abord. Et j'ai besoin de mon confort !

Iselle eut un soupir désespéré.

– Personne ne vous force à nous accompagner. On se débrouillera très bien sans vous. Seulement, ma mère sera déçue quand elle apprendra que vous avez refusé de vous joindre à nous.

L'œil du dragonnier s'alluma aussitôt. Il se gratta la barbe, pensif, et rentra le ventre par réflexe.

– Ah ? Alyss sera là ? demanda-t-il, l'air innocent.

Iselle n'était pas naïve. Elle avait remarqué, l'année passée, combien le charme de sa mère ne laissait pas le dragonnier indifférent…

– Elle s'est envolée hier. Dommage que vous la ratiez. Elle sera navrée, elle m'a souvent parlé de vous avec admiration…

Un gros mensonge, évidemment. Mais sire Kendrick le goba tout cru, et avec appétit !

– Dans ce cas, je suppose que je peux faire un effort et voler lui présenter mes hommages…

Chapitre 6
La voix du vent

L'équipage s'apprêta à passer la nuit dans la clairière des charbonniers. Étincelle et les dragons assureraient la garde du campement. Ils donneraient l'alerte si la moindre menace pointait le bout de son nez.

Allongé près du feu, sire Kendrick ne tarda pas à ronfler bruyamment, enrobé dans sa couverture.

Artémus et Iselle en profitèrent pour discuter un peu plus loin, heureux de leurs retrouvailles. Ils échangèrent d'abord des nouvelles banales, avant d'aborder ce qui les réunissait une deuxième fois, à savoir la naissance de l'Héritier. Ç'aurait été un motif de réjouissance sans une ombre au tableau, et de taille : l'apparition dans la foulée du terrifiant Morlok.

– Tu as été très courageux, fit remarquer Iselle. Tu aurais pu te faire tuer. Je t'en aurais voulu énormément ! ajouta-t-elle en souriant.

Artémus rougit jusqu'aux oreilles, ne sachant pas s'il s'agissait d'un reproche ou d'un compliment.

– Sur le coup, je n'ai pas réfléchi, avoua-t-il. Je ne pouvais tout simplement pas obéir à cette chose.

– C'était digne d'un véritable dragonnier, en tout cas.

Cette fois, pas de doute, elle le félicitait ! L'écuyer s'en trouva tout ragaillardi. Quelques instants plus tôt, Iselle avait partagé ses provisions avec lui. Sa faim comblée, il se sentait prêt à affronter le monde entier, surtout avec une telle amie à ses côtés.

– Merci, balbutia-t-il, soudain troublé.

Il caressait du bout des doigts le crâne du dragonneau, toujours blotti entre ses bras. On pouvait déjà sentir de petites bosses à l'endroit où pousseraient ses cornes. Il émettait une sorte de ronronnement, preuve de satisfaction, et semblait écouter la conversation avec attention.

Artémus eut alors une idée.

– Tu pourrais te connecter à son esprit ? demanda-t-il.

Mais Iselle eut beau se concentrer, elle ne perçut que des pensées très confuses, impossibles à interpréter. Enfin, pas seulement…

La tentative arracha un petit cri de surprise à l'Héritier. Il fronça ses minuscules sourcils en fixant la jeune fille d'un air outré.

– Désolée, lui dit-elle. Je ne recommencerai plus sans ta permission, promis !

Puis elle ajouta pour Artémus :

– Il ne possède aucun souvenir clair. Je suppose que c'est normal, à son âge.

– Dommage. J'espérais apprendre d'où il vient.

– Quoi qu'il en soit, il t'aime bien.

Artémus étouffa un rire, car la langue râpeuse de l'Héritier lui chatouillait le dos de la main.

– J'ai remarqué, oui !

– Ce que je veux dire, c'est qu'il existe un véritable lien entre vous deux, précisa Iselle. Je l'ai parfaitement senti.

– On s'est rencontrés il y a quelques heures à peine, pourtant.

Iselle lâcha un soupir.

– Un mystère de plus à élucider !

Elle se mit à bâiller. Artémus l'imita. Ils se souhaitèrent donc bonne nuit et se rapprochèrent du foyer, dont la lueur chassait les ombres et la chaleur les réchauffait.

Quelques minutes plus tard, ils dormaient profondément. Étincelle, Arzach, Belzébul et même l'Héritier veillaient sur leur sommeil.

Étincelle filait comme le vent, et même encore plus rapidement !

La galopade plaisait énormément à l'Héritier. Bien installé dans le fond d'un sac passé en bandoulière sur l'épaule d'Artémus, il manifestait sa joie en crachouillant des flammèches, le museau levé au ciel pour tenter d'apercevoir ses aînés à travers les branches entrelacées.

Arzach et Belzébul volaient au ras des cimes, aux aguets, prêts à intervenir en cas de danger. Mais c'est sans difficulté aucune qu'ils abandonnèrent derrière eux la forêt de Libre-Comté vers le milieu de la journée.

Artémus s'en réjouissait. Chaque lieue parcourue les éloignait davantage de Morlok et les rapprochait de la Vallée. Ils y trouveraient, espérait l'écuyer, toutes les réponses à leurs questions. De plus, ce serait l'occasion de revoir Oom, le vieux dragon bleu dont il s'était occupé pendant deux années, une fois entré au service de sire Kendrick. Une pensée qui réchauffait le cœur d'Artémus et le faisait battre un peu plus vite !

Le voyage se poursuivit à vive allure, jusqu'au soir. Une steppe sauvage reliait la forêt au désert de sable et de poussière au milieu duquel se dissimulait l'accès à la Vallée, dans le fond d'un canyon qui, vu du ciel, dessinait un sillon en forme de dragon aux ailes déployées.

L'équipage fit halte au moment où les premières étoiles s'allumaient, inaccessibles, accrochées tout là-haut à la voûte du ciel.

– J'ai les fesses en compote, se plaignit sire Kendrick dès qu'il eut posé le pied par terre. J'aurais besoin d'une selle mieux rembourrée...

Artémus et Iselle le laissèrent ronchonner. Ils s'occupèrent de ramasser tout ce qu'ils purent trouver de bois sec pour le feu, mais la récolte s'avéra maigre. Ce soir, la flambée ne durerait guère. Le froid, de plus en plus saisissant, leur tiendrait compagnie toute la nuit.

– Brrr, frissonna Iselle. Je déteste la mauvaise saison !

– Demain, si tout va bien, on rejoindra la Vallée, lui rappela Artémus. Là-bas, il fait toujours chaud.

– Tu as raison. En attendant, fais-moi de la place sous ta couverture, s'il te plaît.

L'écuyer obtempéra, malgré sa gêne. Iselle se glissa à ses côtés, emmitouflée dans son manteau de laine. L'Héritier se pelotonna entre eux, en position de repos.

Le petit groupe grignota ce qu'il lui restait de provisions. Sire Kendrick rêva d'un authentique festin en mâchonnant ses nèfles. Étincelle brouta quelques touffes d'une herbe aussi jaune que la tignasse d'Artémus. Les dragons avalèrent une poignée de boulets de charbon, puis formèrent un cercle d'écailles autour des humains, afin de les protéger du vent qui venait de se lever en poussant un lugubre hurlement. Les bourrasques risquaient à tout moment de souffler la flamme du foyer.

– Charmant, grommela sire Kendrick. Je me demande ce qui nous attend après ça !

Dans ces conditions, le sommeil fut long à s'imposer. Chaque fois qu'Artémus piquait du nez, la complainte du vent le réveillait en imitant la voix de Morlok : « Rends-moi l'Héritier… rends-le, ou tu mourras… »

L'écuyer rouvrait alors les yeux, affolé, mais il n'y avait rien d'autre à contempler que le firmament étoilé et la steppe désolée sous la pâle lueur de la lune. D'ailleurs, Arzach et Belzébul ne montraient aucun signe de nervosité. Pas plus qu'Étincelle, qui batifolait à proximité, infatigable.

L'emblème des Protectrices ne brillait pas non plus. Il n'y avait donc pas à s'inquiéter.

« Allons, tenta de se rassurer le garçon, c'est juste ton imagination. Bien sûr que le vent ne te parle pas ! »

Au petit matin, Artémus ne se sentait toutefois pas reposé. Il hésita à informer Iselle de ce qu'il avait cru entendre. Mais il ne voulut pas l'inquiéter.

Les dragons se régalèrent des cendres du foyer avant de prendre leur envol. Ils n'allèrent pas très haut, car de brusques rafales soufflaient en altitude.

Artémus s'assura que l'Héritier était bien installé dans le fond de son sac puis grimpa sur le dos d'Étincelle. Celle-ci secoua sa corne de gauche à droite avec vivacité.

– Toi aussi, tu sens que quelque chose ne tourne pas rond, lui murmura le garçon. Il va falloir garder l'œil ouvert et le bon !

La licorne approuva d'un bref hennissement. Elle s'élança au triple galop et rattrapa vite les deux dragons.

Ils atteignirent le désert vers le milieu de la journée. Le vent n'avait pas cessé de gémir, tel un animal blessé. Il soulevait d'imposantes nuées de sable, qui masquaient la lumière du soleil. Artémus perdit bientôt de vue Arzach et Belzébul.

L'obscurité enveloppait Étincelle et son cavalier. L'Héritier s'agita à l'abri de son sac. Il lâchait de petits cris perçants à intervalles réguliers.

– N'aie pas peur, lui dit l'écuyer. La tempête finira par se calmer.

Du moins l'espérait-il !

Mais un grondement terrible s'éleva des entrailles de la terre et une muraille de ténèbres se dressa soudain devant la licorne. Artémus crut qu'il s'agissait d'un nuage de poussière beaucoup plus dense que les autres.

Il réalisa son erreur en le voyant étendre ses ailes et déplier un cou sans fin...

Chapitre 7

Le dragon de sable et de poussière

– Vous avez entendu ? demanda Iselle en élevant la voix pour couvrir les sifflements aigus du vent.

– Oui, répondit sire Kendrick sur le même ton, réprimant un frisson. J'aurais préféré être sourd !

Le bruit, semblable à un roulement de tonnerre, lui rappelait celui perçu deux jours plus tôt, juste avant l'apparition de la sphère mystérieuse et celle du terrifiant Morlok.

Arzach et Belzébul expulsèrent un jet de fumée par les naseaux. Iselle ressentait leur excitation. Un déluge d'émotions la submergea. Elle en eut le vertige et dut resserrer sa prise autour des rênes pour ne pas chuter.

Les deux dragons éprouvaient bien plus que de la peur. C'était une sensation si vive, tellement intense, qu'elle n'avait pas d'équivalent dans le langage humain.

– Regarde ! s'exclama sire Kendrick, les yeux écarquillés.

Il pointait de l'index une formidable masse sombre, qui enflait juste sous leurs pieds.

– On dirait… C'est… C'est un…

Le dragonnier n'arrivait plus à trouver ses mots. Stupéfaite, Iselle comprit pourquoi en découvrant la silhouette du plus gigantesque des dragons, sculptée dans le sable que le vent arrachait au désert. Avec une grâce effrayante, la créature déploya ses ailes de géant et redressa le cou. Sa gueule s'ouvrit à la hauteur d'Arzach et Belzébul, assez vaste pour les gober du même coup. Au dernier moment, le dragon vert vira sur la gauche et l'orangé sur la droite. Les crocs démesurés claquèrent dans le vide, projetant des éclaboussures de poussière partout aux alentours.

Le gloussement de terreur que poussa sire Kendrick résonna aux oreilles d'Iselle. Mille et une pensées se bousculaient sous le crâne de la jeune fille. D'où avait pu surgir une pareille entité ? Et comment pouvait-elle seulement exister ? Quel genre de magie maudite était ici à l'œuvre ? Enfin, surtout, pourquoi l'emblème des Protectrices n'avait-il pas donné l'alerte ?

La demi-broche épinglée à la poitrine d'Iselle demeurait en effet terne et tiède. Pire ! sa surface commença à se fendiller lorsqu'elle l'effleura par réflexe, du bout des doigts. Soudain, le bijou de dragonite vola en éclats dans sa paume !

Le dragon de sable et de poussière lança un formidable hurlement de victoire.

Iselle était au désespoir, mais elle ne pouvait pas abandonner le combat. Elle se reconcentra sur son lien avec l'esprit de Belzébul, toujours en proie à la panique. Le dragon orangé luttait avec acharnement pour ne pas être précipité par les bourrasques jusque dans la gueule du monstre, qui béait sous son ventre. Ses ailes battaient si vite qu'elles en devenaient invisibles. Toutefois, il s'élevait beaucoup trop lentement...

Tu vas y arriver ! l'encouragea Iselle. *Encore un effort !*

La terreur de Belzébul s'atténua. Il parvint à repérer un courant ascendant qui l'aspira d'un coup vers les hauteurs. Iselle faillit lâcher un hourra ! Mais si elle se trouvait maintenant hors de portée du monstre, ce n'était pas le cas de sire Kendrick. En effet, Arzach avait du mal à gagner de l'altitude, car le poids de son dragonnier constituait un sacré handicap.

Horrifiée, Iselle vit les énormes mâchoires se refermer peu à peu sur la pointe de la queue du dragon vert...

Tout à coup, un immense trait de feu jaillit des cieux, touchant la créature de sable au milieu du poitrail. Elle ne parut pas blessée, mais cela détourna son attention le temps qu'Arzach et sire Kendrick puissent lui échapper. Seulement, ils n'étaient pas tirés d'affaire, loin s'en fallait !

Un éclair mauve fusa à travers les tourbillons du désert. Iselle reconnut aussitôt la femelle dragon et sa cavalière.

– Maman ! s'écria-t-elle, partagée entre la joie et l'angoisse.

Ezekyelle et Alyss fonçaient à vive allure, droit sur leur cible. L'immense dragon né du vent les attendait tranquillement, écartant ses longues ailes de poussière comme pour les défier.

Ezekyelle cracha une nouvelle flamme, visant cette fois la tête. Son adversaire souffla un puissant geyser de grains de sable, étouffant ainsi le feu de la courageuse Ezekyelle, et l'aveuglant par la même occasion.

Désorientée, la dragonne se mit à tanguer dangereusement. Trois griffes gigantesques menacèrent de s'abattre sur elle et de la déchiqueter, ainsi que sa dragonnière.

Iselle émit une plainte étouffée. Belzébul était trop éloigné pour que son feu frappe avec efficacité, d'autant que la monstruosité y semblait insensible, composée de matière minérale et non de chair. Tout semblait perdu pour Alyss et Ezekyelle…

Heureusement, Arzach et son bedonnant dragonnier volèrent à leur rescousse ! Le cri de guerre poussé par sire Kendrick tenait plus du glapissement de lapin que du rugissement de fauve, mais il obtint l'effet escompté.

Perturbé, le dragon de sable rata sa cible de justesse. Il reporta sa colère sur son assaillant vert, cherchant à le broyer entre ses crocs. Il s'en fallut de très peu qu'Arzach y abandonne la moitié de sa queue !

L'audacieuse manœuvre avait cependant permis à Alyss de reprendre un peu de distance. Les mains en porte-voix, elle commanda aux autres dragonniers :

– Croisez vos feux avec le nôtre ! Leurs effets se cumuleront pour atteindre une température maximale !

Iselle ne voyait pas ce que cela changerait, mais elle fit confiance à sa mère. Sire Kendrick lui obéit également sans discuter.

Ezekyelle, Belzébul et Arzach crachèrent leur flamme tous trois en même temps. Les faisceaux ardents s'entremêlèrent et changèrent illico de couleur. D'un joli jaune doré, ils passèrent au blanc bleuté le plus incandescent. Et lorsqu'ils frappèrent le dragon de sable et de poussière droit au cœur (ou plutôt là où aurait dû s'en trouver un), la créature se figea, changée en verre sous l'effet d'une infernale chaleur.

Elle ouvrit une dernière fois la gueule sur un hurlement muet et se brisa en millions de fragments…

Chapitre 8
Le Royaume Caché

Artémus avait assisté au combat, impuissant, les poings serrés autour du crin d'Étincelle. Quand le dragon de sable explosa soudain, l'écuyer étreignit le cou de la licorne pour l'embrasser tant il était soulagé.

– Ils ont gagné ! C'était moins une !

Étincelle approuva de plusieurs hochements de tête. Son sabot frappa le sol dur comme la pierre en guise d'approbation.

Mais les derniers morceaux de la créature cauchemardesque avaient à peine touché terre que la voix du vent s'insinua dans les tympans de l'écuyer : *Vous ne vous en tirerez pas toujours aussi facilement…*

Puis Morlok se tut – pour le moment.

Cette fois, Artémus était certain de ne pas avoir rêvé. Il attendit que les vainqueurs se posent avant de s'écrier :

– C'est Morlok ! C'est lui qui a créé le dragon de sable ! Il m'a parlé…

Juchée sur un dragon mauve qu'Artémus n'avait jamais vu, la mère d'Iselle fronça les sourcils, l'air intrigué.

– À toi ?

Artémus se sentit piqué au vif.

– Je ne suis peut-être qu'un simple écuyer, mais pas un menteur.

– Désolée, je ne cherchais pas à te vexer. Mais je ne comprends pas pourquoi tu entends Morlok et pas nous, les Protectrices, ajouta-t-elle en désignant Iselle. Les gardiens pourront peut-être nous l'expliquer. Hâtons-nous de les rejoindre, Marmaduke et Grymond nous attendent avec impatience !

– Une minute, maman, intervint Iselle. Tu ne sembles pas surprise par la révélation d'Artémus. Comme si tu connaissais déjà ce Morlok.

– J'aurais préféré que ça ne soit pas le cas, ma chérie. Mais tu as raison. Je le connais de *très* sinistre réputation.

Campé sur sa selle, sire Kendrick bomba le torse avant de déclarer :

– Il n'a pas l'air si terrible, tout compte fait, madame. Voyez comme il a fui sous le feu croisé de nos dragons !

Arzach eut une drôle d'expression, qui pouvait signifier : « Quel vantard… il ne faisait pourtant pas le fier face à l'abomination de sable et de poussière… »

– Je vous remercie pour votre intervention, messire, répliqua Alyss.

Les joues du dragonnier s'empourprèrent de fierté sous les poils de sa barbe. Mais il ne tarda pas à déchanter quand la dragonnière reprit :

– Seulement, ce que nous avons affronté n'était qu'un pâle reflet du véritable Morlok, dont le pouvoir est si grand qu'il peut interférer d'un monde à l'autre. Il ne nous a montré ici qu'une infime partie de son talent.

Sire Kendrick ravala difficilement sa salive. Iselle s'impatientait sur le dos de Belzébul.

– Qui est-il, à la fin, maman ? Dis-nous ce que tu sais, je t'en prie !

Alyss prit le temps de croiser les regards de chacun avant de répondre :

– Morlok est le sorcier le plus puissant qu'on puisse imaginer, et l'éternel ennemi de ceux que nous avons juré de protéger. C'est lui qui a créé la grande menace de glace puis dévasté la surface de Dragonland, forçant ses habitants à s'exiler à Idyllia pour ne pas rester prisonniers du froid.

– Mais pourquoi a-t-il fait une chose pareille ? s'étonna Artémus. Refroidir un monde entier, le vider de ses occupants...

– Parce qu'il déteste les dragons et cherche à les éliminer depuis très longtemps, expliqua Alyss. Tout remonte aux origines de ces derniers. Ils sont apparus dans un royaume caché, bien avant que les humains ne peuplent Idyllia. Pour une raison que j'ignore, Morlok leur a déclaré une guerre terrible. Il a pris la tête d'une armée de créatures placées sous son contrôle. Mais les dragons lui ont opposé une farouche résistance. Les combats se sont éternisés. Il n'y a pas eu de vainqueur et chacun des deux camps a fini par abandonner les champs de bataille dévastés. Les dragons sont partis occuper Dragonland, Morlok n'a plus donné de nouvelles. On le croyait mort ou disparu. Hélas, on se trompait !

Iselle affichait une mine de plus en plus contrariée à mesure que sa mère parlait.

– Tu ne m'as jamais parlé de cette histoire, lui reprocha-t-elle. Comme si tu avais voulu me tenir à l'écart de tout ce qui concerne Morlok. Je ne suis plus une enfant, maman !

– Tu as grandi si vite, soupira Alyss, désemparée. J'ai tellement de choses à t'apprendre avant que tu ne deviennes une grande Protectrice, et si peu de temps pour ça…

– Le moment est venu de tout me révéler, tu ne crois pas ?

Iselle semblait déjà moins fâchée, mais toujours mécontente de n'avoir pas reçu la considération espérée.

– Tu as raison, admit Alyss. Le Royaume Caché est donc l'endroit où a débuté la longue histoire des dragons. Mais ils sont toujours restés liés par l'esprit à ce monde natal. On prétend que c'est de lui qu'ils tirent le pouvoir de cracher le feu, comme celui de comprendre toutes les langues et de les pratiquer, du moins quand ils ne sont pas rendus muets par le fer ou l'acier.

– Comment cela est-il possible ? voulut savoir Artémus.

– Par une forme de magie ancienne, sûrement, devina Iselle.

– Si les dragons sont restés liés au Royaume Caché, observa l'écuyer, pourquoi ne l'ont-ils pas rejoint quand leur monde s'est mis à geler ?

– Parce que Morlok s'est arrangé pour leur en interdire l'accès depuis la surface de Dragonland et les prendre au piège, reprit Alyss. Si Grymond et Marmaduke n'avaient pas ouvert leurs Portails vers Idyllia et la Vallée, tous les dragons auraient été gelés pour l'éternité.

– Au lieu de quoi, ceux qui ont pu fuir dans notre monde sont devenus nos esclaves, rappela Iselle avec une grimace. Ce n'est pas vraiment un sort plus enviable !

– Mais ce n'est que temporaire, ma chérie. Selon une ancienne prophétie, les dragons regagneront le Royaume Caché le jour où son héritier en retrouvera le chemin…

– J'ai compris ! claironna sire Kendrick. Voilà pourquoi Morlok essaie par tous les moyens de l'éliminer : pour empêcher le retour de ses ennemis dans leur monde d'origine !

Ce fut le moment choisi par le dragonneau immaculé pour sortir le museau de son sac. Avec ses babines retroussées, il donnait l'impression de sourire au petit groupe.

Arzach, Belzébul et Ezekyelle inclinèrent le cou devant lui en soufflant un mince filet de fumée, comme pour le saluer avec beaucoup de déférence.

– Bien deviné, messire, conclut Alyss avec un demi-sourire.

– Toutefois, enchaîna sire Kendrick d'un air perplexe, je ne saisis pas bien le sens du mot employé. Pourquoi Morlok l'appelle-t-il « l'Héritier » ?

Le sourire d'Alyss s'épanouit franchement lorsqu'elle répondit :

– Parce que ce bébé dragon n'est autre que le souverain du Royaume Caché... Autrement dit : le roi de tous les dragons !

Chapitre 9
Retour à la Vallée

Quelques heures plus tard, Grymond et Marmaduke accueillirent la petite troupe à l'entrée de la Vallée, où les plus vieux dragons venaient finir leur existence dans la chaleur et la fumée. Deux Portails gardés par les frères jumeaux protégeaient l'endroit des intrusions. L'un s'ouvrait sur Idyllia, l'autre sur Dragonland, malheureusement toujours inhabitable. La Vallée en elle-même s'étendait dans un espace réduit situé entre les deux mondes.

– Vous voilà tous enfin ! s'exclama l'un des frères. Pas trop tôt !

Il était impossible de savoir lequel avait parlé, car ils arboraient le même gilet à carreaux en damier, la même barbe fournie et argentée et la même paire de binocles en équilibre sur le bout du nez. S'ils étaient ravis du retour d'Artémus, d'Iselle et de leurs compagnons, ils le cachaient très volontiers.

– Merci de nous recevoir avec autant de joie, ironisa Iselle.

– Navré, mais le temps presse ! répliqua le second gardien.

Il avait dans les mains une drôle de longue-vue, dont la lentille ressemblait à une pierre précieuse d'un rouge très vif, aux innombrables facettes. Ça devait donc être Grymond, le plus bricoleur des deux, amateur de technologie.

– J'ai observé votre affrontement avec le monstre de sable à travers l'œil de mon *rapprochoscope*. Il me permet de voir à très longue distance les événements qui m'intéressent, même s'ils se déroulent dans un autre monde...

– Grâce également à l'intervention de ma magie, se hâta d'indiquer Marmaduke. Sans elle, ta lentille ne fonctionnerait pas. Tu oublies toujours de le préciser !

– Parce que ce n'est pas important...

– Que tu prétends !

Artémus intervint avant que la querelle ne s'envenime :

– Cet appareil est la preuve que science et magie se complètent à merveille. Pouvons-nous revenir au sujet principal, s'il vous plaît ?

Depuis le fond de son sac, l'héritier du Royaume Caché parut approuver d'un couinement d'autorité. Grymond poursuivit donc :

– Vous avez beaucoup de chance d'être encore entiers ! J'ai repéré votre arrivée dès le début de la matinée et Alyss s'est aussitôt envolée pour vous prêter main-forte, car nous nous doutions que Morlok allait tenter de vous empêcher d'atteindre la Vallée. Si la Protectrice n'était pas intervenue, vous n'auriez jamais pu vaincre la créature du sorcier…

– Cela vous donne une idée de l'étendue de son pouvoir, compléta Marmaduke, l'air sombre. Je l'avoue sans honte : en comparaison de la sienne, ma magie ne vaut guère mieux qu'un piètre tour de cartes !

– Il a même réussi à détruire ma moitié de broche, renchérit Iselle.

– L'emblème était fragilisé depuis qu'il avait été brisé, la consola Grymond. Je t'en sculpterai un autre bien plus joli encore, je te le promets...

– Plus tard, coupa Marmaduke. Pour l'instant, il importe de protéger notre jeune ami.

Il désigna le dragonneau, qui semblait l'écouter avec attention.

– Ainsi que les habitants plus âgés de la Vallée, renchérit Grymond.

– Morlok serait capable d'y causer des dégâts ? s'épouvanta Artémus, qui s'était cru en sécurité. Vous ne pourriez pas l'en empêcher ?

Les gardiens échangèrent des regards désolés.

– Nous pourrions peut-être repousser un ou deux assauts, répondit Marmaduke. Mais Morlok finirait par l'emporter. Les vieux dragons de la Vallée ne sont plus capables de cracher le feu, souviens-toi. Et, malgré leur bravoure, vos montures s'épuiseraient rapidement.

– Les capacités de ce démon ne cessent de s'améliorer depuis sa réapparition, ajouta Grymond. Bientôt, il sera trop puissant pour que quiconque puisse s'y opposer...

– Vous avez l'air de bien le connaître, fit remarquer l'écuyer.

– Pas directement, précisa Marmaduke. Mais on nous a beaucoup parlé de lui et mis en garde à son sujet, quand nous étions de simples apprentis – pas encore d'authentiques gardiens.

Il y avait de la nostalgie dans sa voix. Artémus l'ignora pour rester concentré sur le cœur de leur problème.

– Mais pourquoi Morlok surgit-il tout à coup de nulle part pour s'en prendre à l'Héritier ? Qu'est-ce qui l'a alerté ?

Le museau du dragonneau émergea alors à l'air libre.

– Ma parole, dit sire Kendrick en ricanant, on dirait qu'il a compris qu'Artémus parlait de lui !

– Bien sûr que oui, espèce d'ignorant, lui renvoya Alyss. Vous n'avez donc rien appris de notre précédente aventure ?

La confusion peignit soudain les joues et le front du dragonnier d'un rouge aussi vif que celui de la pierre du rapprochoscope de Grymond.

– Je voulais juste remarquer que c'est encore un bébé, se défendit-il. Il est à peine sorti de l'œuf...

– Quelle drôle d'idée ! s'exclama Grymond. Vous confondez les dragons avec les poules ou les pigeons ? Il s'agissait d'une machine conçue pour assurer sa protection...

– Pas une machine, vieux fou, le corrigea Marmaduke. Une sphère magique !

Iselle interrompit les jumeaux avant qu'ils ne s'embarquent dans une nouvelle dispute.

– On se fiche de savoir comment ça marche ! Pouvez-vous revenir à vos explications ?

– Hum, oui, grommela Grymond en se tournant face à Artémus et en rivant son regard au sien. Voilà : nous pensons que tout arrive *à cause* de toi, mon garçon...

– Quoi ? s'écria l'écuyer. Vous plaisantez ?

– Nous n'avons jamais été aussi sérieux, assura Marmaduke. Vois-tu, la sphère te considère comme une espèce de champion de la cause des dragons, depuis que tu as affronté la grande menace de glace…

– Il n'était pas tout seul, signala sire Kendrick. Qui vous dit que ce bidule ne s'est pas manifesté devant moi plutôt que mon écuyer ?

Mais personne ne prit la peine de lui expliquer pourquoi ça ne paraissait guère crédible…

– Quoi qu'il en soit, reprit Grymond, la sphère a fait son choix et libéré l'Héritier qu'elle abritait pour que vous le conduisiez jusqu'au Royaume Caché. Morlok se tenait à l'affût et a aussitôt réagi. Voilà ce qui s'est produit. Que vous le vouliez ou non, vous êtes maintenant obligés d'aller au bout de cette aventure.

Malgré la menace du sorcier, cette perspective enthousiasmait Artémus. Elle valait mieux qu'une interminable tournée dans les villages de Libre-Comté pendant la saison froide !

– Mais de quelle façon accéder au Royaume Caché ? s'inquiéta-t-il. L'Héritier est censé connaître le chemin, sauf qu'il ne nous dit rien. Il ne sait pas encore parler. Et le don des Protectrices n'est d'aucune utilité avec lui. Impossible d'interpréter ses pensées !

– Je connais un moyen, répondit Grymond. Un moyen périlleux...

Sire Kendrick soupira avec exagération.

– Le contraire m'aurait étonné... hé, là, ouille !

Iselle lui avait enfoncé son coude entre les côtes pour qu'il se taise.

– On vous écoute, maître Grymond, dit-elle. Par où nous faudra-t-il passer ?

– Pas si vite, jeune fille ! lança Alyss. Il n'y a pas de « nous » qui tienne. Tu as déjà couru suffisamment de risques. Morlok t'aurait croquée toute crue, et Belzébul avec toi, si je n'étais pas intervenue. Alors la suite ne te concerne plus.

– Ce n'est pas juste ! s'indigna Iselle. Je suis une Protectrice, comme toi...

– *Apprentie* Protectrice, corrigea Alyss. Inutile de discuter ! Dès que nous nous serons dit au revoir, je veux que tu rentres à la maison et que tu demandes pardon à ton père de lui avoir faussé compagnie et sûrement causé beaucoup d'inquiétude.

Iselle crispa les poings. Elle se retenait pour ne pas exploser de rage, devina Artémus. Mais sa mère n'avait pas complètement tort. Alyss l'aimait plus que tout au monde, aussi refusait-elle de la précipiter entre les griffes d'un redoutable sorcier acharné à la perte des dragons et de leur tout jeune roi.

L'écuyer s'empressa d'interroger Grymond afin d'atténuer la tension :

– Et ce moyen d'accès, alors ?

Le gardien s'éclaircit la gorge avant de révéler :

– C'est la bouche d'un des volcans de la Vallée. Je crains qu'il n'y ait pas d'autre option !

– Les volcans ne sont-ils pas des endroits très dangereux à fréquenter ? demanda sire Kendrick.

– Pas si l'on prend quelques précautions. Par exemple, éviter de marcher dans une flaque de lave.

Grymond n'avait pas l'air de plaisanter.

– Rassurez-vous, ce volcan-là n'est pas en activité, indiqua Marmaduke. Enfin, pas la dernière fois que nous avons vérifié.

– Et ça remonte à quand ?

– Oh, à peine un petit siècle... Ou peut-être deux. Ma mémoire a parfois des ratés.

Sire Kendrick se décomposait à vue d'œil. Mais pas question pour lui de se défiler devant Alyss ! Sa fierté était en jeu.

– Espérons que rien n'a changé depuis, ronchonna-t-il dans sa barbe. Mais ce n'est pas le seul problème, ajouta-t-il à voix haute. Je n'ai plus d'épée. Comment pourrais-je me battre ?

Cependant, l'idée d'éviter les combats ne semblait pas l'attrister outre mesure.

– Cela peut s'arranger, réagit Grymond. Attendez un peu...

Il s'éclipsa dans son atelier, de l'autre côté du Portail dont il avait la charge. Quelques instants plus tard, il était de retour avec un simple coutelas à la lame fine et noire.

– Hum, grommela le dragonnier, dépité. Ma regrettée Terrifiante était bien plus impressionnante.

Grymond lui tendit le petit couteau en précisant :

– Il a été forgé dans un alliage de dragonite. Il saura parfaitement vous rendre service. Et puis, on ne juge pas de la valeur d'un dragonnier à la taille de son épée !

Chapitre 10

Dans la bouche de l'enfer

Tout le monde prit le chemin du volcan, à travers les nuées de fumée malodorante qui pesaient sur la Vallée. Pourtant, les dragons étaient ravis de respirer cet air brûlant chargé de soufre. L'atmosphère ambiante était pour eux comme le plus doux des printemps.

Alyss et les gardiens avançaient en tête, tous trois montés sur Ezekyelle – les jumeaux n'étaient pas grands et ne pesaient guère lourd. Renfrognée dans un silence boudeur, Iselle suivait sur Belzébul. À l'arrière, sire Kendrick faisait aussi la moue, irrité par la dernière remarque de Grymond, et Arzach donnait l'impression de s'en moquer en douce, les babines plissées en un rictus amusé.

Artémus et Étincelle occupaient le milieu du cortège. L'écuyer gardait un œil sur l'Héritier, lové dans le fond de son sac. Il avait encore du mal à le considérer comme un roi. Pourtant, à la réflexion, l'attitude d'Arzach, de Belzébul et même d'Ezekyelle ne laissait guère de doute ! Le garçon avait mal interprété leurs gestes, depuis le début : ils n'étaient pas gênés de l'attention portée au dragonneau, ni curieux de son apparition, mais ils lui montraient des signes de respect.

Ils n'étaient d'ailleurs pas les seuls. Les vieux habitants de la Vallée les saluaient avec solennité à leur passage. Apparemment, la nouvelle de l'arrivée de l'Héritier s'était répandue.

Artémus reconnut le dragon noir mélomane qui leur avait cassé les oreilles, l'année passée. Cette fois, il n'improvisa aucun chant, se contentant d'incliner sa grosse tête hérissée de cornes usées.

Un peu plus loin, l'écuyer fut enchanté de retrouver Oom, son vieil ami aux écailles bleues, qui attendait en bordure du sentier.

– Ainsi la légende disait vrai, fit ce dernier en trottant au côté d'Étincelle. Un dragonneau immaculé sauvera le Royaume Caché. J'ai toujours cru qu'il s'agissait d'une histoire racontée pour donner de l'espoir aux exilés de Dragonland. Mais je me trompais !

L'optimisme le rajeunissait d'au moins une centaine d'années, si bien qu'il ne paraissait plus âgé que d'un petit quart de millénaire…

– Tu avais prédit qu'on se reverrait, lui rappela Artémus, la gorge nouée par l'émotion. Sur ce point, tu ne t'étais pas trompé. C'est bon signe.

Le sourire d'Oom dévoila deux rangées de crocs jaunis.

– Je vous envie de découvrir l'ancien Royaume Caché. Si j'avais été plus en forme, je vous aurais accompagnés. Mais je ne vous serais hélas d'aucune utilité.

– Nous n'y sommes pas encore…

– Vous y parviendrez, j'en fais la prédiction !

Il cligna de l'œil, puis ajouta avec sérieux :

– Soyez quand même prudents, tous autant que vous êtes.

Artémus promit de faire très attention. Étincelle émit un bref hennissement à l'intention du vieux dragon.

– Je sais, reprit Oom. J'ai confiance en toi.

L'écuyer ne s'étonna pas qu'il comprenne la licorne. Alyss avait indiqué que les dragons étaient autrefois capables de parler toutes les langues. Ici, dans la Vallée, ce talent oublié ressurgissait au bout d'un certain temps.

– Qu'est-ce qu'elle a dit ? demanda-t-il au dragon bleu.

– Qu'elle veillera sur toi bien mieux que sire Kendrick.

Artémus étouffa un rire. L'intéressé n'avait heureusement pas entendu la réponse de son ancienne monture. Sinon, il aurait été encore plus vexé !

Le chemin se mit soudain à grimper. Il s'enroulait autour d'une montagne de roc noir comme le charbon. Ce mont avait échappé aux regards des visiteurs l'année passée, avec la fumée qui pesait en permanence sur le décor de la Vallée...

La pente, parsemée d'une croûte de cendres, s'accentua peu à peu. Il faisait de plus en plus chaud... comme si c'était possible dans cet endroit déjà torride, songea Artémus en essuyant son front trempé de sueur.

La veille encore, il se plaignait du froid, et voilà que maintenant il rêvait d'un bain glacé !

L'ascension dura plusieurs heures. Impossible d'estimer combien en se basant sur la course du soleil dans le ciel : aucun des deux n'était visible, car la Vallée n'appartenait pas au monde normal. Elle s'étendait dans une brèche ouverte par magie entre Idyllia et Dragonland, et obéissait à ses propres règles de logique.

Artémus prit son mal en patience, laissant son esprit vagabonder.

Les paroles de Marmaduke, prononcées plus tôt dans la journée, revenaient le titiller : était-il vraiment une espèce de champion de la cause des dragons ?

D'accord, il prenait le plus souvent leur défense et tentait de persuader les gens de leur intelligence, mais cela suffisait-il ? Il ne savait pas manier l'épée, préférait parler plutôt que se battre, et, s'il espérait un jour devenir dragonnier, il n'était pas certain d'y arriver...

– Nous y sommes, lança un des jumeaux, interrompant ainsi les réflexions de l'écuyer. Prenez garde où vous posez vos semelles ou vos sabots !

Le sentier dominait maintenant un gouffre d'ombres peu engageantes, d'où s'échappaient des fumerolles puantes.

– Pouah ! lâcha sire Kendrick. Si Morlok ne nous tue pas avant, cette odeur répugnante nous achèvera sûrement...

Un cri étouffé s'échappa du sac d'Artémus.

– Ah ! Il est d'accord avec moi, se réjouit le dragonnier.

– Je crois plutôt qu'il confirme qu'on est sur la bonne voie, contredit Artémus.

– Absurde ! Comment pourrait-on descendre là-dedans ? Il n'y a pas le moindre escalier taillé, dans ce cratère rempli de fumée. Et on n'y voit rien à plus de deux pas !

En réponse, Grymond et Marmaduke désignèrent une avancée de pierre en surplomb du vide, un peu plus loin. Une sorte de gros panier s'y trouvait abandonné, à côté de plusieurs rouleaux de corde.

– Avez-vous déjà entendu parler du principe de « chute contrôlée » ? interrogèrent-ils d'une même voix.

– Non, jamais, répliqua sire Kendrick, et je ne m'en porte pas plus mal. Surtout si l'expression signifie bien ce que je crois...

Tandis que les gardiens s'activaient autour du panier et des cordes, Alyss s'approcha d'Iselle pour faire la paix avec elle avant que chacune parte de son côté.

– Cesse de bouder, ma chérie, lui dit-elle avec tendresse. Tu as passé l'âge de ces enfantillages...

– Mais je n'ai visiblement pas encore atteint celui où tu me crois capable d'assumer mon rôle de Protectrice !

La réplique avait fusé avec plus de sécheresse qu'Iselle ne l'aurait souhaité. Elle regretta aussitôt de s'être emportée. Alyss ne le prit pas mal et lui sourit.

– Tu es une dragonnière très douée ! Un jour, tu feras la fierté de notre lignée, comme tu fais déjà la mienne. Seulement, nous allons affronter un ennemi sans égal. Il y a de très grands risques pour que certains d'entre nous ne reviennent pas de ce périple... et, en tant que mère, je ne peux me résoudre à te laisser t'exposer à ces dangers. Pas tant que je serai là pour y faire face à ta place...

Malgré la chaleur, Iselle eut un frisson glacé à l'idée de perdre sa mère, ou Artémus, ou même ce balourd de sire Kendrick !

Elle s'était attachée à ce dernier, plus encore à son écuyer, et elle éprouvait évidemment une profonde affection pour Alyss. Pourquoi fallait-il que tout soit aussi compliqué ? Cela chagrinait et en même temps enrageait Iselle, mais elle ne voulait pas quitter sa mère sur une dispute. Aussi fit-elle un effort pour se radoucir, tandis que sa mère enchaînait :

– Surtout, ne sois pas triste. Une Protectrice doit être prête au sacrifice. Quant à ton ami, il s'en ira le cœur plus léger si tu lui dis au revoir avec le sourire.

Mère et fille s'étreignirent en retenant leurs larmes, puis Iselle, le cœur gros, alla rejoindre Artémus. Tout en marchant, elle perçut une onde de douceur venue de Belzébul. Lié à son esprit, le dragon orangé essayait de la consoler en pensée.

Merci à toi, renvoya-t-elle. *J'apprécie ton soutien. Mais tu ne trouves pas que la décision de ma mère est injuste ?*

Belzébul se montra hésitant.

Il ne voulait pas prendre parti, comprit Iselle, sans doute par fidélité envers l'aînée des Protectrices, davantage expérimentée. Néanmoins, il ne semblait pas rejeter complètement l'avis de sa jeune dragonnière... Ce qui amena cette dernière à envisager de ne pas forcément se soumettre à la volonté d'Alyss.

Après tout, l'obéissance n'était pas sa principale vertu !

Artémus, qui observait les préparatifs de Grymond et Marmaduke depuis le dos d'Étincelle, se tourna vers Iselle à son approche.

– C'est ici qu'on se sépare, lui annonça la jeune fille, en tentant de masquer sa déception.

– Je crois aussi, renvoya-t-il sur le même ton.

– Je te souhaite bonne chance…

– Merci, j'en aurai besoin.

À cet instant, l'Héritier pointa le bout du museau et lâcha un sifflement ténu. Iselle tressaillit, comme sous l'effet d'un chatouillis *à l'intérieur de son esprit*.

– On dirait qu'il te salue, fit remarquer Artémus.

– Attends que je vérifie…, répliqua la jeune fille.

Elle se concentra pour établir le lien avec les pensées du dragonneau… mais elle ne capta rien de plus clair que lors de sa première tentative. Pourtant, elle n'avait pas rêvé : son don venait bien de se manifester, et Belzébul n'y était pour rien.

– Alors ? demanda l'écuyer.

Frustrée, Iselle haussa les épaules.

– Rien du tout… Ce n'est qu'un bébé.

– Pas n'importe lequel : le roi des dragons, quand même !

– Ce qui fait de toi à la fois sa nounou et son précepteur, parvint à plaisanter Iselle.

– Et de sire Kendrick son bouffon, compléta Artémus.

Ensemble, ils rirent de cette comparaison, soulageant ainsi la tension des adieux.

– Parés à embarquer ! lancèrent alors les gardiens.

Les deux frères venaient de fixer une extrémité des cordages aux anses de l'énorme panier d'osier, renforcé de sangles en cuir. L'autre bout des cordes dessinait des boucles autour du poitrail d'Arzach et d'Ezekyelle. Ainsi harnachés, les dragons pouvaient ralentir la « chute contrôlée » de l'équipage dans le gouffre béant du volcan... En théorie, du moins !

– Prenez place à bord, ordonna Grymond. Serrez-vous bien et surtout ne vous agitez pas pendant la descente. Vous perturberiez l'équilibre de la nacelle.

– C'est comme ça que s'appelle cette folle invention ? s'enquit sire Kendrick en l'inspectant de plus près. Vous êtes certains qu'elle ne va pas se rompre ?

– Elle a servi durant des siècles à remonter des entrailles du cratère des tonnes de minerai, assura Marmaduke. Elle tiendra bien encore le temps d'une simple descente.

Donnant l'exemple, Étincelle sauta dans la nacelle sans hésitation, puis les autres voyageurs se répartirent de chaque côté : Alyss et Artémus contre un flanc, sire Kendrick contre l'autre, afin d'équilibrer au mieux les poids. Malgré cette précaution, le panier se mit à pencher dès que les dragons le firent décoller en battant des ailes avec vigueur.

– Un petit effort, Arzach, implora sire Kendrick, les poings crispés sur le rebord. Redresse-moi, je t'en prie !

Le dragon vert tira un peu plus fort sur son cordage. La nacelle adopta enfin une position stable. Arzach et Ezekyelle la soulevèrent au-dessus de la gueule effroyable du cratère. Puis la chute au ralenti commença...

Artémus adressa un signe de la main à Iselle et aux jumeaux, qui le lui rendirent. L'écuyer avait la gorge sèche et la chaleur n'y était pour rien. Un couinement s'échappa de son sac en bandoulière.

– On te ramène bientôt chez toi, murmura-t-il à l'Héritier. Enfin, j'espère !

En quelques secondes, les panaches des fumerolles les avalèrent.

Dès lors, les passagers de la nacelle n'entendirent plus rien que le souffle régulier d'Arzach et Ezekyelle, invisibles au-dessus de leurs têtes, et le froissement de leurs ailes.

En dessous s'ouvrait une espèce de bouche géante expulsant son haleine fétide, comme montée tout droit de l'enfer !

Chapitre 11

Une descente plus rapide que prévu

La nacelle plongeait à une allure ralentie depuis un moment, dans une obscurité poisseuse et malodorante, quand un bruit furtif se fit entendre.

– Qu'est-ce que c'est ? murmura sire Kendrick. On dirait une espèce de grattement...

– Chut ! intima Alyss. Laissez-moi écouter. Ça vient de sous notre panier.

Le cœur d'Artémus sauta un battement. Quelque chose s'était-il accroché à l'osier, juste en dessous de leurs pieds ? Son imagination se déchaîna, lui envoyant des images de créatures griffues aussi laides que celles aperçues dans la forêt de la Libre-Comté. Et si Morlok les avait déjà retrouvés ? Il n'avait qu'à déchirer le fond de la nacelle pour les précipiter vers une mort certaine !

Heureusement, rien de tel ne se produisit. Pourtant, le frottement se répétait à intervalles irréguliers. La chute contrôlée par les dragons dans l'obscure cheminée du volcan se poursuivit ainsi pendant ce qui parut durer une éternité. Puis les fumerolles commencèrent à se disperser à mesure que l'interminable galerie s'élargissait.

Une lueur dorée se mit alors à palpiter tout autour du grand panier. Artémus eut l'impression que des milliers de minuscules étoiles s'allumaient dans toutes les directions. Deux autres sources lumineuses, plus proches, firent de même : l'emblème d'Alyss et le coutelas de sire Kendrick.

– La roche est constellée d'éclats de dragonite, comprit la Protectrice. Elle réagit à notre présence. C'est vraiment magnifique !

Alyss avait raison, jugea l'écuyer. La dragonite brillait de plus en plus, éclipsant tout le reste. Un véritable nuage de lumière enveloppa la nacelle et ses passagers. « Exactement comme dans le tunnel qui conduit à l'antre de Grymond et à la Vallée », songea le garçon, émerveillé.

Cela signifiait-il qu'ils franchissaient une frontière naturelle entre les mondes, sans gardien ni Portail ?

L'aveuglante nuée d'or finit par se dissiper. Mais ce ne fut pas le retour à l'obscurité, loin de là ! On y voyait quasiment comme en plein jour. Impossible toutefois de distinguer l'origine de cette clarté, qui rappelait celle d'une aube de printemps ensoleillée.

Quelques filets de fumée s'échappaient encore des fissures dans le roc. Néanmoins, plus l'équipage s'enfonçait dans les profondeurs, plus l'atmosphère devenait respirable. Une agréable odeur l'emplissait même, chargée de parfums subtils…

Pour autant, l'intrigant grattement ne cessait toujours pas.

– Ce bruit me tape sur les nerfs, lâcha sire Kendrick. Artémus, maintenant qu'on y voit clair, regarde donc de quoi il s'agit.

L'écuyer se pencha avec prudence sur le rebord de la nacelle. En vain. Impossible d'apercevoir quoi que ce soit directement sous le grand panier...

– Courbe-toi davantage, bougre d'empoté ! exigea le dragonnier. Ne crains rien, tu es aussi maigre qu'un fil, tu ne vas pas nous déséquilibrer. Et tu es assez grand pour que ta tête d'épouvantail parvienne au bon endroit. Moi, je suis bâti en force, je suis hélas trop musclé, je n'y arriverais pas...

– Vas-y, l'encouragea Alyss avec un sourire rassurant. Je te retiens par la ceinture. Tu ne risques rien.

Étincelle paraissait sereine. Quant aux dragons, ils étaient trop concentrés sur le contrôle de leur chute pour s'inquiéter du reste. Artémus reposa donc le sac contenant l'Héritier. Puis il prit une grande inspiration avant de se cambrer, plié en deux au niveau du bassin.

Les cheveux encore plus en bataille qu'à l'ordinaire, flottant dans le vide, il étira ses muscles au maximum. Petit à petit, il amena ses yeux au niveau souhaité, tremblant de tous ses membres sous l'effort.

– Oh ! s'exclama-t-il à la vue des créatures responsables des frottements.

Suspendues par les pattes arrière aux boucles de l'osier et aux sangles de cuir, des dizaines de chauves-souris procédaient à une minutieuse toilette. Pendant quelques instants, Artémus les observa avec fascination sans qu'elles se rendent compte de sa présence. Leurs langues pointues lissaient le poil de leur fourrure avec application. Malheureusement, l'une d'elles finit par remarquer l'écuyer et lança une alerte stridente.

Découvrant la face éberluée du garçon, toutes les chauves-souris prirent peur et s'envolèrent d'un même mouvement. Artémus se mit à paniquer. Sire Kendrick lui avait raconté que ces bestioles, moitié rongeur, moitié oiseau, s'accrochaient aux tignasses fournies comme la sienne et les arrachaient par touffes entières du crâne... C'était totalement faux, bien sûr, mais il l'ignorait (de même que sire Kendrick, qui ne faisait que répandre des racontars qu'il s'était bien gardé de vérifier !).

– Ne t'agite pas comme ça ! l'avertit Alyss. Je ne vais plus pouvoir te...

Le reste de sa phrase fut noyé dans un hurlement... La dragonnière venait de lâcher prise !

Artémus, lui, tombait à la vitesse d'une pierre jetée dans le fond d'un puits...

Chapitre 12
La forêt de cristal

AAAAAH !

AAAAH !

AAAH !

AAH !

AH !

L'écho répercuta une dernière fois le cri d'Artémus entre les parois de la titanesque caverne où la nacelle continuait de s'enfoncer avec lenteur.

Puis, un silence de plomb s'imposa parmi les passagers. Alyss, sire Kendrick et Étincelle étaient trop choqués pour oser le rompre. Il fallut que l'Héritier lance un couinement inquiet pour que la dragonnière reprenne la parole d'une voix tremblante :

– Je… je n'ai pas pu le retenir quand il s'est agité… C'est ma faute si… s'il…

– Non, c'est entièrement la mienne ! se lamenta sire Kendrick. Je n'aurais pas dû insister pour qu'il se penche ainsi… Quel misérable je suis ! J'ai tué notre pauvre Artémus !

Le dragonnier s'agitait de plus en plus sous le coup de l'émotion. Le panier d'osier se mit à tanguer, tant et si bien qu'Alyss dut le menacer pour qu'il s'interrompe :

– Assez ! Vous voulez donc qu'on se brise tous les os dans le fond de ce cratère ?

Étincelle secoua sa corne, comme si la question s'adressait à elle. Sire Kendrick se calma, mais il continua de renifler et d'essuyer ses larmes tout le temps que dura encore leur chute contrôlée.

L'émotion des au revoir s'était vite dissipée. Iselle avait repris du poil de la bête. Arrivée à mi-pente du volcan, certaine que les jumeaux ne pouvaient plus la voir depuis le sommet, elle arrêta Belzébul.

Celui-ci s'inquiéta, croyant à une difficulté. Iselle se hâta de le rassurer.

Tout va bien ! Enfin, autant que possible. Mais nous n'allons pas rentrer à Idyllia, pas pour le moment...

Le dragon orangé lui signala sa confusion. Avait-il mal compris ses instructions ?

Pas du tout, je t'ai bien demandé de reprendre le chemin qui conduit au fond de la Vallée... Pour ne pas alerter les gardiens, tu comprends ?

Belzébul émit un sifflement désapprobateur. Il devinait que sa dragonnière lui cachait quelque chose, mais quoi ?

Je suis désolée d'avoir dissimulé mes intentions, je ne voulais pas risquer que tu préviennes Alyss...

Cela offusqua carrément Belzébul. Il n'était pas un délateur, lui rappela-t-il. S'il estimait qu'elle commettait une erreur, son rôle consistait à l'en dissuader plutôt qu'à lancer l'alerte.

J'ai peut-être tort, en effet, mais je refuse de rentrer gentiment au bercail pendant que nos amis, Arzach et Ezekyelle compris, affrontent des dangers inconnus.

Et je suis sûre que tu penses la même chose que moi, dans le fond !

Après un silence éloquent, le dragon orangé admit qu'elle pensait vrai. Iselle réprima un sourire triomphant.

Alors, qu'est-ce que tu attends pour contourner le flanc du volcan et grimper de l'autre côté, là où personne ne pourra nous repérer ?

La nacelle se posa enfin en douceur, sur un sol constellé de cristaux de toutes les couleurs. On aurait dit un vaste champ de fleurs composées de pierres précieuses – saphir, rubis, émeraude..., aucune ne manquait à l'appel. Elles dégageaient assez de clarté pour qu'on y voie aussi bien qu'en plein jour. D'ailleurs, un authentique arc-en-ciel enjambait ce paysage enchanteur. Mais la tristesse qui régnait à bord du panier empêchait les passagers de profiter d'une aussi magnifique vision.

Arzach et Ezekyelle soufflèrent un long jet de fumée. Ils avaient les muscles des ailes et du cou endoloris après avoir fourni un si long effort. Alyss dénoua les cordages de leurs harnais, puis tout le monde se mit à fouiller les environs à la recherche de ce qui pouvait rester de l'infortuné Artémus.

– Il n'y a rien ! s'exclama sire Kendrick. Aucun cadavre écrabouillé... Tout ça n'a aucun sens !

Il avait l'air aussi surpris que soulagé.

– Quelqu'un ou quelque chose l'a peut-être emporté, dit Alyss.

– Il n'y a aucune trace de sang, insista le dragonnier, tout sourires. Je suis sûr que mon brave écuyer est encore vivant !

– Je l'espère de tout cœur, moi aussi. Mais où est-il passé ?

Ils explorèrent encore les lieux du regard. Ils avaient atterri au milieu d'une sorte de clairière. Au bout de cinquante pas, les cristaux colorés avaient atteint une taille imposante ; ils se dressaient tels les troncs dénudés d'arbres luminescents. Une véritable forêt s'étendait à perte de vue, dans toutes les directions. La voûte des cieux s'élevait à une telle altitude qu'on n'en distinguait qu'un flou gris clair.

– Je me demande si les gardiens connaissent cet endroit bizarre, s'interrogea Alyss. C'est très beau, mais aussi très inquiétant, vous ne trouvez pas ?

Sire Kendrick acquiesça en se grattant la barbe.

– Assurément. À votre avis, madame, quelle distance avons-nous parcourue à travers le sous-sol depuis notre départ du volcan ?

– Je l'ignore, cela m'a paru interminable. Je ne sais même pas si l'on se trouve encore dans la Vallée à proprement parler. Sans doute que non.

– Notre petit ami pâlichon a peut-être son idée…

En effet, le dragonneau pointa son museau hors du sac et ouvrit ses naseaux pour inspirer de grandes bouffées d'air parfumé. Il remua en poussant des cris d'excitation.

– Ça doit signifier qu'on est sur la bonne piste, fit remarquer Alyss. Mais par où continuer ?

– Laissons notre guide décider, proposa sire Kendrick. Il pourra peut-être nous aider à retrouver mon pauvre Artémus ?

La Protectrice hocha la tête. Elle aida ensuite l'Héritier à s'extirper de son cocon de toile, car il semblait y être trop à l'étroit pour en sortir seul.

– C'est étrange, observa-t-elle, j'ai l'impression que le sac a rétréci…

– À moins que ce ne soit le roi qui ait grandi ! s'exclama le dragonnier. Il n'était pas plus gros que mes deux poings réunis quand nous l'avons trouvé, et maintenant, voyez !

Il plaça ses mains à côté du dragonneau… Force était de constater que ce dernier avait presque doublé de volume, en comparaison !

– Personne ne connaît la vitesse de croissance des dragons, reconnut Alyss. Mais je serais étonnée qu'ils se développent aussi vite, normalement.

– Que pensez-vous qu'il se soit passé, alors ?

– Je crois que sa taille a surtout augmenté pendant notre descente, alors qu'on se rapprochait du

Royaume Caché. Je suis certaine que c'est lié. Et, attendez un peu...

Elle plissa le front, concentrée sur son don.

– Ça y est ! Maintenant, je perçois des bribes de pensées, annonça-t-elle. Des images fragmentées. Rien de très précis, mais ça confirme mon hypothèse : l'Héritier gagne en maturité.

– Vous croyez qu'il va pousser de plus en plus à mesure qu'on approchera de son trône, ou quel que soit l'endroit où un roi-dragon s'assoit ?

Alyss acquiesça.

– C'est une excellente nouvelle, sire Kendrick ! Ne comprenez-vous pas ? Avec un peu de chance, il sera bientôt capable de m'adresser des messages compréhensibles afin de mieux nous guider. Cela facilitera nos recherches de l'écuyer !

– Oh, d'accord, j'ai saisi ! Mais d'ici là, par où devons-nous poursuivre notre périple, madame ? On ne peut quand même pas s'en remettre complètement au hasard !

Étincelle secoua vivement sa corne de gauche à droite. Le dragonnier lui adressa une moue de pure perplexité.

– Ne me dis pas que tu as compris le sens de mes paroles…

– Cela vous dérangerait donc, messire ?

Sire Kendrick sursauta. Il était sûr de n'avoir pas vu remuer la bouche de la licorne. Et il ne s'agissait sûrement pas de la voix de la dragonnière, beaucoup plus mélodieuse que cette espèce de braiment ! Alors, qui avait parlé ?

Il se retourna avec appréhension, craignant de découvrir un nouveau monstre aux ordres de Morlok.

La stupeur l'obligea à se frotter les yeux. Il se serait pincé pour vérifier qu'il ne rêvait pas si Alyss n'avait aussitôt confirmé qu'elle voyait la même chose que lui…

– Nous avons bel et bien quitté la Vallée pour rejoindre un autre monde. Mais pas celui que nous espérions trouver…

Surgies de la forêt de cristal, une dizaine de licornes les entouraient. Elles fixaient les dragons de leurs yeux ronds, tout particulièrement l'Héritier.

Les nouvelles venues ressemblaient à Étincelle, aussi fines et musclées qu'elle, à cette différence près que les couleurs de leur robe étaient pareilles à celles de l'arc-en-ciel, rouge, orange, jaune, vert, bleu, indigo ou violet. Certaines arboraient une teinte intermédiaire entre l'échine et les sabots.

Avec sa blancheur immaculée, Étincelle paraissait bien terne en comparaison.

Sinon, la longueur des crinières dorées et des cornes sombres variait d'un individu à l'autre.

– Cela faisait longtemps qu'aucun visiteur n'était plus descendu du ciel, reprit celle qui s'était déjà exprimée, bleutée de la tête aux pieds.

Elle se détacha du groupe et s'avança pour saluer Étincelle d'un mouvement de corne.

– Bienvenue chez toi, ma sœur ! Tu retrouveras bientôt l'usage de la parole, ne sois pas inquiète.

Mais permets-moi déjà de te féliciter : il t'aura fallu beaucoup de courage et de ruse pour capturer autant de prisonniers !

Chapitre 13

Dans l'antre du démon

Artémus avait mal au crâne et sa première pensée fut qu'il se l'était sans doute fracassé en mille morceaux. Du reste, chaque partie de son corps le faisait souffrir, mais au moins était-il en vie.

Il rouvrit lentement les yeux… pour les refermer aussitôt !

Était-il vraiment en vie… ou bel et bien mort et en enfer ? songea l'écuyer, en découvrant le démon accroupi à son chevet.

L'horreur le rendait muet. Son cri restait bloqué dans le fond de sa gorge.

– Salut, humain ! Tu as perdu ta langue ?

– N… non, parvint à balbutier le garçon.

Sous l'effet de la stupéfaction, il en oublia ses douleurs.

– Tant mieux ! Je n'ai pas eu quelqu'un avec qui parler depuis une éternité. Tu vas pouvoir me donner des nouvelles du vieux monde. Est-ce que la guerre est terminée ? Et qui l'a donc gagnée ?

Artémus prit le temps de calmer les battements affolés de son cœur. En vérité, le démon se montrait plus curieux que réellement dangereux, mais son apparence n'en demeurait pas moins repoussante : de grandes dents pointues hérissaient une bouche immense, semblables à des défenses de porc sauvage. De gros yeux globuleux s'ouvraient sous une barre de sourcils en broussaille. Une peau aussi rugueuse que le roc le couvrait d'une sorte de carapace. Ses jambes et ses bras étaient aussi courts qu'épais, gonflés de muscles puissants. Il portait une cotte de mailles ternie, zébrée d'entailles abandonnées par des coups de hache ou d'épée, et des culottes d'écailles de dragon. La vue de ce dernier détail arracha un frisson au « champion » de l'Héritier.

– Je n'en sais rien, avoua-t-il, avant de se rappeler ce qu'avait raconté Alyss. Si vous parlez de la guerre qui a eu lieu jadis, dans le Royaume Caché, elle n'a eu que des perdants, je crois bien…

La face de cauchemar se froissa comme une feuille de papier serrée au creux du poing.

– Vraiment ? Personne ne l'a emporté ? Tu dis la vérité, *humain* ?

Par réflexe, l'écuyer se recroquevilla sur l'espèce de paillasse où il avait été déposé. Contrarié, le démon pouvait décider de le croquer tout cru, c'était plus que certain !

– Pourquoi trembles-tu ? s'étonna l'autre. Je te fais peur, peut-être ?

Artémus trouva la force d'acquiescer. Le rire du démon s'éleva, pareil à une sonnerie de trompette rouillée.

– Merci pour ta franchise, humain ! Rares sont ceux qui osaient ne pas mentir à cette question, quand je la leur posais… juste avant de les expédier dans l'au-delà ! Mais rassure-toi, à présent, je ne fais plus ça.

En vérité, cela ne rassurait pas du tout l'écuyer. Il fit toutefois semblant et demanda :

– C'est vous qui m'avez sauvé, euh, *monsieuuuur...* ?

Il étira longuement le mot, incapable de déterminer à quelle espèce de créature il était confronté.

– Axarès. Et ne me traite pas de « monsieur », c'est insultant pour un orc constitué à cent pour cent de roc-vif, garanti, plutôt que de chair !

Un *orc* ? Du *roc-vif* ? Artémus n'en avait jamais entendu parler. Cela dit, deux jours plus tôt, il aurait cru qu'on se moquait de lui en évoquant le roi des dragons ou Morlok le sorcier...

– Toi, reprit Axarès, je sais comment tu t'appelles. J'ai entendu tes amis crier ton nom pendant ta chute.

– Pourquoi ne m'avez-vous pas ramené vers eux ? Et où suis-je, d'ailleurs ?

Artémus n'en voyait pas assez pour se faire une idée précise. De ce qu'il en percevait, l'endroit lui évoquait un trou creusé dans une roche cristalline, aménagé avec un minimum de confort : tapis, paillasse, meubles de boit brut, quelques lanternes dont les flammèches dispensaient assez de clarté pour y voir à trois pas, mais guère plus.

– Chez moi, bien sûr ! Là où je me terre en solitaire depuis une éternité. J'ai préféré t'y mettre à l'abri. Estime-toi chanceux. Tes amis vont regretter leur intrusion dans ce monde en apparence enchanté.

Axarès agita la paire d'ailes de cuir fripé qu'il avait jusque-là gardées repliées dans le dos.

– Je t'ai rattrapé juste avant que tu ne t'écrases…

Il pouvait donc voler, comme les dragons ! s'extasia l'écuyer, se demandant quels autres extraordinaires talents il possédait.

– Ensuite, tu es resté un moment inconscient, compléta l'orc. Tu as fait un cauchemar et tu t'es agité en hurlant un nom qui ne t'appartient pas.

Artémus ne s'en souvenait pas.

– Lequel ? demanda-t-il.

– Celui de Morlok. Il n'avait plus résonné à mes oreilles depuis des siècles, celui-là. En le prononçant, tu as piqué ma curiosité.

– Alors vous connaissez le sorcier ?

Axarès gronda un oui bas et profond avant d'ajouter :

– Je l'ai servi avec fidélité dans ma vie précédente. J'étais l'un de ses meilleurs généraux… Mais j'ai déserté son armée. J'en avais assez de me battre contre des dragons qui ne m'avaient rien fait. Je ne suis pas comme les abominables cornues, moi !

L'expression résonna étrangement sous le crâne d'Artémus. Il constata que la migraine s'était évanouie en même temps qu'il répétait en écho :

– Les abominables cornues ?

L'orc eut un hochement de sa lourde caboche.

– Ce sont les pires alliées du sorcier, aussi farouches qu'impitoyables. À l'époque, elles étaient différentes, mais on les craignait sur tous les champs de bataille. Moi-même, j'ai fini par les redouter. Et je ne suis pas un lâche, quoi que tu puisses penser.

– Loin de moi cette idée !

– Cela vaut mieux…

Un doute affreux envahit d'un coup l'esprit du garçon.

– Est-ce que ces abominables cornues ne seraient pas aussi connues sous le nom de licornes ? s'enquit-il, anxieux.

Axarès le lorgna soudain d'un sale œil.

– J'ai l'impression que tu me dissimules quelque chose, humain. Parle, et surtout ne me cache rien !

Malgré ce ton sans réplique, Artémus hésita. Axarès ne semblait guère aimer les licornes, or l'une d'elles était devenue la meilleure amie non-humaine de l'écuyer (Iselle occupant la première place toutes catégories !). Qu'en penserait l'orc ? Comment réagirait-il ?

Pourtant, Axarès lui avait sauvé la vie alors qu'il ne le connaissait pas, a priori sans se poser de questions. Cela prouvait à la fois son courage et sa générosité. Sa grande solitude, aussi, puisqu'il recherchait à tout prix quelqu'un à qui parler.

Alors, Artémus choisit de se fier à son instinct.

Il prit une grande inspiration, puis il se lança et raconta tout depuis le jour de sa rencontre avec Étincelle, l'année passée.

Chapitre 14

Prisonniers des abominables cornues

Les prisonniers et leur escorte ralentirent le pas à la sortie de la forêt de cristal. Une incroyable cité, sculptée dans le même matériau, s'étendait sous leurs yeux. Un arc-en-ciel l'enjambait et déversait sur elle ses couleurs sans pareilles, la peignant de mille feux. Tout brillait magnifiquement, depuis les chaussées pavées de diamant jusqu'aux sommets des toits couverts de saphirs et d'émeraudes en guise de tuiles.

Sire Kendrick était tenté de remplir ses poches de pleines poignées de pierres précieuses… mais une corne lui caressait le dos depuis le départ de la clairière où la nacelle s'était posée. Un geste malheureux, et il se ferait embrocher !

Alyss était menacée du même sort. C'est pourquoi Ezekyelle et Arzach se tenaient tranquilles. Le dragonneau ne bronchait pas non plus, couché entre les bras d'Alyss. Cette dernière ne savait pas si les licornes se doutaient de son importance ou non. De manière générale, elles lançaient aux dragons des regards noirs. Visiblement, elles ne les aimaient guère. Y avait-il pour cela une raison particulière ?

Quoi qu'il en soit, Étincelle semblait avoir rallié le camp de ses sœurs. Elle marchait avec elles, apparemment très fière du mauvais tour joué à ses compagnons de voyage…

– Quelle traîtresse, maugréa dans sa barbe sire Kendrick. Je n'ai jamais eu confiance en cette espèce de cheval raté !

Alyss ne fit pas de commentaire. Elle s'étonnait de la réaction d'Étincelle et se demandait si la tragique disparition d'Artémus n'en était pas la cause.

La licorne était en effet très liée à l'écuyer. Le chagrin l'avait peut-être perturbée ?

Mais il y avait une autre possibilité, songea la Protectrice avec plus d'optimisme : il se pouvait aussi qu'Étincelle fasse semblant de s'être rangée du côté de ses congénères dans l'attente de porter secours à ses amis humains et dragons…

– Avancez en silence ! ordonna la licorne bleutée, qui semblait la cheffe de la troupe. Vous aurez bientôt l'occasion de prendre la parole pour tenter de plaider votre cause.

Elle n'en révéla pas plus. Le cortège pénétra dans la cité de cristal par sa plus large avenue, s'attirant une vive curiosité. Des licornes de toutes tailles vinrent assister au défilé. Elles adressaient aux dragons des injures gratinées, impossibles à répéter. Sire Kendrick en rougit sous les poils de sa barbe !

Enfin, ils arrivèrent devant les portes d'une bâtisse coiffée d'un dôme rutilant, élevée au bord d'une place où se tenait un marché. Une foule impressionnante y était rassemblée, qui ne comprenait pas seulement des créatures à corne unique. En effet, des dragons parcouraient les allées entre les étals, attelés à des charrettes remplies de marchandises. On comptait aussi des humains et d'autres bipèdes à l'allure massive, ceux-là ressemblant à des rochers vivants et possédant de grandes dents plantées de guingois de chaque côté de leur bouche. Les prisonniers frémirent en remarquant que les dragons portaient, en plus de lourds colliers, des muselières d'acier, et que des chaînes lestées de boulets les empêchaient de déployer leurs ailes.

Arzach et Ezekyelle envoyèrent à Alyss un signal de détresse. La Protectrice parvint à les calmer d'une pensée positive. Elle tenta de se lier aux esprits des dragons entravés, mais ne capta que des images brouillées, dénuées du moindre sens. Le métal dont on les avait affublés limitait leurs capacités, ainsi que leur faculté de s'exprimer.

L'Héritier s'agita dans les bras d'Alyss. Cette dernière sentit la colère du dragonneau s'allumer et grandir, comme une flammèche qui devient flamme. Mais le moment était mal choisi pour qu'il se manifeste.

Si tu me comprends, reste calme, je t'en supplie !

Étonnamment, l'Héritier l'écouta. Il enfouit son museau sous le repli d'une aile pour ne plus assister au triste spectacle qu'offraient les siens, réduits en esclavage.

Étincelle s'éclipsa soudain : elle disparut en se fondant dans la foule. Sire Kendrick afficha une grimace de mépris. Alyss n'était toujours pas sûre qu'elle les ait vraiment trahis, mais cela ne changeait rien à leur situation, hélas !

Les licornes poussèrent leurs prisonniers vers l'entrée du bâtiment. L'équipage déboucha dans une salle pleine de piliers taillés dans le cristal, au sol couvert de pierres précieuses. Mille couleurs fabuleuses faisaient chatoyer le tout. Ç'aurait pu être merveilleux à contempler, si ce n'était un léger détail : la statue dressée sur un piédestal, au beau milieu de ce drôle d'endroit...

Les genoux de sire Kendrick s'entrechoquèrent et tout son corps se mit à trembler, sans pouvoir s'arrêter.

– Mo… Morlok ! lâcha-t-il dans un soupir étouffé.

Eh oui ! C'était bien le sorcier, tel qu'il s'était montré lors de sa première apparition dans la forêt de la Libre-Comté, sous la forme d'un amas de créatures mi-hommes, mi-insectes. Seule différence : il était ici représenté dans une version joliment colorée plutôt que d'un noir d'encre. Mais il n'y avait pas à s'y tromper.

– Vous le connaissez ? demanda la licorne bleutée d'un ton soupçonneux.

Alyss adressa un regard furieux au dragonnier maladroit. Ce dernier tenta de rattraper sa bévue.

– Je… j'ai dû en entendre parler…

– C'est surprenant. Morlok appartient à l'histoire de notre peuple.

– Oh ? Je dois confondre, alors…

– Avec qui ? Vous trouvez qu'il ressemble à quelqu'un d'autre ?

Le dragonnier secoua la tête de gauche à droite. Alyss décida d'intervenir avant qu'il ne commette une nouvelle gaffe.

– Ne me dites pas que vous nous avez conduits ici pour admirer vos dieux ?

– Non, vous n'êtes pas dans un temple, mais dans notre Palais de Justesse, révéla la cheffe des licornes.

– Pff ! Palais de *justice*, ne put s'empêcher de rectifier sire Kendrick.

– J'ai bien dit « *de Justesse* ». Vous allez être entendus par nos Sages. Elles estimeront si vos paroles sont justes ou pas… et décideront quoi faire de vous !

– Que risque-t-on, dans le pire des cas ? demanda Alyss.

– Si vos paroles ne sont pas justes, vous resterez nos esclaves jusqu'à la fin de vos jours.

– Et si elles le sont ? s'enquit à son tour sire Kendrick, plein d'espoir.

– Alors vous travaillerez dans nos mines jusqu'à ce que vos forces soient épuisées.

– Je ne vois aucune différence !

– Il y en a une : les esclaves n'ont aucun droit.

– Et les mineurs ?

– Ils peuvent se réunir pour en discuter.

Depuis ce qui paraissait des heures à sa dragonnière, Belzébul planait avec grâce en tournoyant sur une invisible colonne d'air chaud. Malgré l'empressement d'Iselle, le dragon ne voulait pas se précipiter tête la première dans le fond du cratère. On ignorait ce qui pouvait s'y cacher, et si quelque chose s'y terrait ce n'était sûrement ni sympathique, ni accueillant !

D'accord, d'accord, tu n'as pas tort, admit Iselle, cramponnée à sa selle. *Mais tu pourrais quand même accélérer un peu ? Là, ce n'est plus de la prudence... on se traîne comme des limaces !*

Le dragon orangé lui fit remarquer qu'on n'avait jamais vu de gastéropode ailé, et que la comparaison pouvait paraître insultante ! Heureusement qu'il n'était pas susceptible...

Désolée, s'excusa Iselle, penaude. *Je suis tellement impatiente d'arriver ! Qu'est-ce qu'on va trouver tout en bas, à ton avis ?*

Belzébul prit le temps de réfléchir. L'accès au Royaume Caché, d'où était originaire son peuple, ne devait pas être aisé. Mais quel genre d'obstacles se dresseraient sur leur chemin ? Il imaginait toutes sortes d'adversaires monstrueux, plus encore que les créatures animées par Morlok. Des choses gigantesques hérissées de crocs et de griffes ou bardées de tentacules démesurés…

Ses visions tempérèrent les ardeurs d'Iselle.

Tu as peut-être raison de ne pas plonger trop vite, finalement…

La jeune fille redoubla de vigilance, écarquillant les yeux de plus belle. Encore loin en dessous, il lui semblait distinguer une sorte de chatoiement coloré, comme une espèce d'arc-en-ciel… C'était plus que bizarre.

Qui savait quelles horreurs ces magnifiques couleurs pouvaient dissimuler ?

Les Sages étaient au nombre de trois. Les couleurs de leur robe étaient plus sombres que celles des autres licornes. Leur crinière, au contraire, avait blanchi, perdant tout son éclat doré. Enfin, leur corne était plus longue que la moyenne.

Peut-être cette dernière ne cessait-elle jamais de pousser, supposa Alyss, se demandant quel âge vénérable atteignaient les plus anciennes licornes. Rivalisaient-elles sur ce point avec les dragons ? Cette espèce étant inconnue à Idyllia, personne n'avait jamais pu l'étudier, donc tout était possible.

– Avancez dans le Cercle de Justesse, commanda la Sage au poil pourpre.

Elle désignait de sa corne une flaque ronde de lumière, dessinée par le faisceau qui traversait le dôme de cristal, loin au-dessus de leurs têtes. Les couleurs de l'arc-en-ciel s'y mélangeaient comme des flammes virtuelles dansant dans l'air. Alyss, sire Kendrick et les dragons prirent place au milieu de ce puits de lumière, devant une assemblée de spectatrices attentives et muettes, composée de plusieurs dizaines de licornes « normales ».

Le trio de Sages commença alors à tourner autour des prisonniers, débutant un véritable interrogatoire :

– De quel monde arrivez-vous ?

– Quelles sont vos intentions ?

– Quels maîtres servez-vous ?

Etc., etc. !

Les questions s'enchaînaient sans répit. Alyss y répondait aussi vaguement que possible.

Mais les Sages insistaient, répétaient leurs demandes, trottant de plus en plus vite. Peu à peu, un vertige saisit la Protectrice. Elle eut de plus en plus de mal à cacher la vérité. C'était comme si les mots s'écoulaient de sa bouche de leur propre volonté.

Finalement, elle raconta tout ce qu'elle savait. Sire Kendrick, que le manège des Sages hypnotisait aussi, approuva d'un air béat.

Les dragons se montraient moins sensibles à la magie des licornes. Mais, comme ils n'avaient pas encore retrouvé la parole, malgré leur passage dans la Vallée, ils n'étaient pas capables de contredire les humains.

Quand le tourbillon des Sages prit fin, Alyss lutta pour ne pas s'effondrer, épuisée. Elle conservait à peine assez de force pour garder serré contre elle l'Héritier.

Les licornes fixèrent leur attention sur lui.

– S'il est bien celui que l'humaine a décrit, reprit la Sage pourpre, et je suis sûre qu'elle n'a pas menti, alors l'heure est venue de renouer avec les temps glorieux de notre histoire, mes sœurs !

Des acclamations sous forme de hennissements s'élevèrent jusqu'au dôme de cristal. Des centaines de sabots frappèrent en cadence le dallage constellé de pierres précieuses. L'écho des coups roula d'un mur à l'autre avec autant de vigueur que celui de mille tambours.

L'assemblée des licornes semblait sur le pied de guerre.

– Qu'on emmène les dragons jusqu'à la Halle et qu'on leur passe les fers ! ordonna l'une des Sages, à la robe vert forêt.

– Quant aux humains, compléta celle d'un rouge sanguin, enfermez-les dans une cellule du Palais. On les expédiera plus tard dans nos mines. La femelle semble assez forte pour y survivre et le mâle a vraiment besoin d'exercice !

Chapitre 15

La Grande Malédiction

– Wouah ! s'exclama Artémus, les yeux exorbités. Je n'ai jamais rien vu d'aussi splendide !

– Garde-le pour toi, alors, conseilla Axarès. Et efface ce sourire. Ici, les humains sont moroses, tout autant que les orcs. Ils ne connaissent pas la joie.

– Pourquoi ?

Le duo déambulait dans les rues de la cité de cristal, sous l'arc-en-ciel géant, revêtu d'amples tuniques sorties des malles d'Axarès. Ces vêtements permettaient aux nouveaux venus de se fondre parmi les autres bipèdes circulant entre les licornes multicolores.

L'orc jetait sur toutes celles qu'ils croisaient des coups d'œil méfiants, la bouche tordue d'un rictus. L'effet était plutôt comique, avec ses défenses qui pointaient de travers à chaque commissure !

– Parce qu'ils ne sont pas libres, répondit-il sombrement. D'ailleurs, personne ne l'est, hormis les abominables cornues…

– Vous les détestez vraiment, souligna Artémus. Mais elles ne peuvent pas être aussi mauvaises que vous le prétendez.

L'écuyer pensait à Étincelle. Il n'y avait rien de méchant en elle, c'était certain. Bien au contraire !

– Tu es un expert en vilenie, peut-être ?

– Elles sont si jolies… Et cette ville déborde de couleurs et de lumières !

– Il faut se défier de ce qui brille, il ne suffit pas que les gens soient beaux pour être bons.

Artémus acquiesça. Depuis qu'il avait raconté ses exploits à l'orc, celui-ci lui attribuait toute sa confiance, persuadé que seule la vérité était sortie de sa bouche. Quand l'écuyer s'en était étonné, Axarès avait rétorqué qu'il possédait le don rare de détecter le mensonge… Puis, avec le sourire, il avait ajouté que les humains étaient la plupart du temps trop impressionnés par son apparence pour penser à lui mentir.

– Ah, reprit-il quelques pas plus loin, nous voici arrivés à la Halle aux Dragons !

Axarès désigna leur destination d'un index ressemblant à un bâton pétrifié. Le bâtiment évoquait une version cristalline et démesurée de l'écurie du père d'Iselle, le marchand Bertram.

– C'est là que les abominables cornues enferment leurs prisonniers couverts d'écailles, précisa l'orc. Si elles ont capturé tes amis, tu les trouveras ici. Mais n'entre pas là qui veut. Il va falloir ruser.

Deux licornes montaient en effet une garde attentive devant l'accès de la Halle, symbolisé par une paire de colonnes chatoyantes. Axarès s'approcha, courbant la tête en signe d'humilité.

– Je vous salue, nobles cornues…

– Qu'est-ce que tu veux, orc puant ? renvoya l'une des gardes.

Entendre s'exprimer la licorne produisit un drôle d'effet sur Artémus. Axarès l'avait bien prévenu qu'elles pouvaient parler et qu'il ne devait pas s'en étonner. À Idyllia, cependant, Étincelle demeurait aussi muette que les dragons. C'était peut-être dû à la trop faible quantité de magie présente dans ce monde, estima Artémus.

– Ma maîtresse souhaite acquérir un nouvel animal pour travailler dans ses mines, répondit Axarès. Elle m'envoie à la recherche du candidat idéal.

– Laquelle de nos sœurs sers-tu ? demanda l'autre licorne. Je ne t'ai jamais vu ici. Pourtant, tu as une trogne qu'on n'oublie pas... elle est repoussante !

Un hennissement moqueur souligna l'injure. L'orc resta de marbre, ce qui parut normal à Artémus pour quelqu'un fait de pierre... ou plutôt de roc-vif !

– Alors ? insista la première des gardes. Donne le nom de ta maîtresse si tu ne veux pas d'ennuis !

Axarès poussa un soupir de forge. Il avait averti Artémus qu'en cas de difficulté il lui faudrait jouer des poings. Le garçon s'attendait donc à ce que l'orc assomme les enquiquineuses, mais il n'en eut pas besoin.

– Ils sont tous les deux à mon service, intervint une voix inconnue. Je leur avais ordonné de m'attendre avant de visiter la Halle… mais vous savez que ces idiots de bipèdes comprennent tout de travers !

Artémus sentit son cœur s'emballer en découvrant par-dessus son épaule le museau et la corne d'Étincelle.

– Je les punirai comme ils le méritent, reprit-elle. Dès que j'aurai jeté un œil au nouvel arrivage de dragons.

Dociles, les gardes s'écartèrent sur son passage quand elle pénétra dans la Halle, l'écuyer et l'orc sur ses talons. Étincelle attendit de se trouver hors de portée de voix avant de manifester son soulagement.

– Ravie de te retrouver en un seul morceau et de pouvoir enfin te parler, Artémus ! Je craignais que tu n'aies pas survécu à ton plongeon dans l'abîme…

– Il faut remercier Axarès pour ce sauvetage miraculeux, indiqua l'écuyer.

Étincelle fixa l'intéressé droit dans les yeux.

– Alors merci à toi, dit-elle. Sincèrement !

L'orc lui coula un regard de travers.

– Tu te paies ma tête ou quoi ? demanda-t-il, à la limite du grondement.

– Mais non, répondit Artémus. Je t'avais bien dit qu'elle était mon amie !

Axarès ne semblait toujours pas convaincu.

– Je ne suis pas comme mes sœurs, lui assura la licorne à mi-voix, car plusieurs de ses congénères rôdaient dans les parages. Elles vivent dans le souvenir d'un passé où les dragons étaient nos ennemis. Depuis, elles en veulent à tout ce qui ne leur ressemble pas, humains et orcs compris.

– C'est pour ça que tu as fui ton monde, devina l'écuyer.

Étincelle hocha sa corne.

– Je suis partie à la première occasion, grâce à maître Grymond et ses essais de Portail. Mais j'ai fini par regretter ma décision, parce qu'on me considérait comme un monstre à Idyllia*...

---

* Lire *Le Secret de la Vallée des Dragons.*

– Simple bon sens, glissa l'orc avec un sourire méprisant.

– Heureusement, tous les habitants de ton monde ne sont pas stupides et bornés comme certains individus ressemblant à des rochers sur pattes ! répliqua Étincelle.

– Si j'avais cette espèce d'épine ridiculement dressée à l'avant du crâne, je ne ferais pas tant le fier...

Aïe ! Le ton montait entre les deux anciens rivaux. L'écuyer redoutait qu'ils attirent l'attention des autres visiteurs de la Halle et intervint :

– Ce n'est ni l'endroit ni le moment de vous asticoter. Ma parole, on dirait des enfants ! Nous sommes venus délivrer nos amis, rappela-t-il. Je suppose que toi aussi ?

La licorne acquiesça.

– Je sais où les nouveaux prisonniers sont retenus. Suivez-moi !

Étincelle entraîna l'orc et l'écuyer tout au fond de l'immense salle, où se déployaient au moins deux douzaines de cages de cristal. Dans l'une d'elles se trouvaient le dragon vert et la dragonne mauve, muselés et enchaînés, l'air dépité. Apercevant les nouveaux venus, ils redressèrent le cou. La flamme dans leurs pupilles brilla d'un éclat plus vif.

Artémus eut beau scruter les alentours avec attention, il n'y découvrit aucune trace de l'Héritier et s'en désola à voix haute. Il s'attendait à le trouver en compagnie de ses congénères.

– Les Sages l'ont gardé avec elles au Palais de Justesse, l'informa Étincelle. Je pense qu'elles comptent l'utiliser pour obliger Morlok à lever la Grande Malédiction qui pèse sur notre peuple.

– Qu'est-ce que c'est que ça, encore ?

Un frisson parcourut l'échine de la licorne, la secouant de la crinière à la queue.

– Tu crois vraiment qu'à l'origine on ressemblait aux chevaux de vos légendes, avec cette corne stupide plantée au milieu du front ? Que notre monde dégoulinait de couleurs étincelantes et qu'un arc-en-ciel ne s'effaçait jamais de notre ciel ? Eh bien non, figure-toi ! C'est notre punition pour n'avoir pas réussi à vaincre les ennemis du sorcier.

– C'est donc lui qui vous a transformées en « abominables cornues » ! Mais à quoi ressembliez-vous, au départ ?

– Demande à Axarès, il s'en souvient sûrement.

Le garçon interrogea l'orc du regard. Celui-ci prit un air dégoûté et lâcha :

– Elles étaient plus laides encore sous leur forme première, tu peux me croire ! Imagine de petites demoiselles humaines à la peau toute lisse et aux fines oreilles taillées en pointe, revêtues d'habits faits en feuilles et en lianes tressées...

Il gémit, horrifié. Quant à Artémus, il était stupéfait. Il dut s'y prendre à plusieurs reprises avant de balbutier :

– Vous... vous ne seriez pas en train de me décrire des *fées*, par hasard ?

Chapitre 16

Trois drôles de petites filles ailées

Sire Kendrick retira de sa cachette le coutelas de dragonite que Grymond lui avait confié.

– J'ai eu la bonne idée de le dissimuler sur ma propre personne, murmura-t-il, non sans fierté.

– Inutile de me préciser à quel endroit ! le supplia Alyss. Mais je vous félicite pour cette initiative.

Le dragonnier accepta le compliment. Du moins, jusqu'à ce que la Protectrice lui arrache l'arme d'un geste vif.

– Hé ! protesta-t-il. C'est à moi !

– Ne soyez pas si égoïste, ça ne vous ressemble guère, mentit Alyss pour l'amadouer. Faites le guet pendant que je m'occupe d'ouvrir la porte de notre cellule.

Elle introduisit ensuite la fine lame dans le trou de la serrure de cristal et se mit à jouer du poignet.

Sire Kendrick colla sa face hirsute aux barreaux pour mieux observer les environs. Les serviteurs des licornes colorées, qui ressemblaient à d'affreux amas de roc montés sur de grosses pattes courtaudes, surveillaient les geôles du Palais de Justesse, heureusement sans trop de zèle. L'un d'eux ronflait même à proximité. On percevait son souffle rauque et régulier, pareil à une avalanche de caillasse dévalant le flanc d'une montagne…

– Et voilà ! dit Alyss, moins d'une minute plus tard. Ce n'était pas très compliqué.

– Où avez-vous appris ce genre de tour, madame ? s'étonna le dragonnier face à la grille de cristal entrebâillée. Pas parmi les voleurs de la capitale, j'ose l'espérer !

– Vous seriez surpris de découvrir tout ce que ma mère m'a enseigné, mais la liste est trop longue pour que je vous la détaille maintenant... Venez, ajouta-t-elle en lui tendant la main, et surtout faites très attention où vous mettez les pieds !

Le sol était en effet constellé des mêmes pierres précieuses partout présentes dans ce monde *enchanté* (pour les licornes, du moins). Sire Kendrick prit bien garde à ne pas trébucher dessus. Les deux prisonniers se glissèrent dans le couloir étincelant de mille feux, jusqu'au siège où l'horrible geôlier somnolait. Le dragonnier s'empara du gourdin pendu à sa ceinture et lui en asséna un coup sur le crâne, le plongeant illico dans un sommeil des plus profonds.

– Bravo ! le félicita Alyss. À présent, enfilez sa tunique. Vous avez le même gabarit que lui, cela fera illusion, surtout une fois le capuchon rabattu.

– Hum, je ne suis quand même pas si, euh, imposant, quand même...

– Oubliez un peu votre susceptibilité, bon sang ! Vous êtes *costaud*, voilà, ça vous convient ?

Sire Kendrick estima que c'était plus approprié et passa la tunique par-dessus ses vêtements. Elle lui allait, le serrait même un peu aux hanches, mais il préféra remarquer qu'elle paraissait trop large...

– Peu importe, répliqua Alyss. Nous devons retrouver l'Héritier. Les Sages ont dû le garder près d'elles, quelque part dans ce bâtiment. Faites comme si j'étais votre prisonnière jusqu'à ce qu'on l'ait repéré. En avant !

La vision aérienne de la forêt de cristal émerveillait Iselle autant qu'elle l'impressionnait. Belzébul survolait les lieux resplendissant de mille couleurs, tous ses sens aux aguets. Il percevait un grand danger et cela l'incitait à redoubler de prudence.

Je n'ai jamais rien vu de plus beau, pourtant je trouve ça effrayant, confia Iselle, qui partageait les sensations du dragon orangé. *C'est quand même drôle !*

Par « drôle », elle entendait « troublant », Belzébul le comprit.

Il se tenait aussi près de la *voûte des cieux* que possible, afin de ne pas attirer l'attention depuis le sol. Ce n'était pas une simple métaphore : dans ce monde souterrain, le ciel était vraiment constitué d'une voûte rocheuse, constellée d'éclats de dragonite qui éclairaient le paysage.

Le dragon espérait que le reflet orangé de ses écailles ne le ferait pas repérer d'éventuels guetteurs ou de curieux égarés dans ce dédale de cristaux qui s'étendait, sous son ventre, dans toutes les directions...

Là-bas ! J'aperçois quelque chose, droit devant ! On dirait des maisons, de grands bâtiments construits dans le même matériau que la forêt... C'est vraiment... vraiment...

Iselle ne trouvait plus ses mots. Nulle part, à Idyllia, il n'existait un endroit comme celui-là. Comment avait-on pu ériger une pareille cité, avec en son cœur une bâtisse plus élevée que les autres, couronnée d'un impressionnant dôme multicolore et chatoyant, comme taillé dans un immense diamant reflétant l'arc-en-ciel qui l'enjambait ?

Il avait certainement fallu beaucoup de magie pour arriver à ce résultat, réalisèrent en même temps dragon et dragonnière. Ils pensaient tous les deux au pouvoir du sorcier qui les avait lancés dans cette aventure, bien évidemment.

Pour autant, pas question de reculer maintenant ! songea Iselle. Alyss, Artémus, sire Kendrick, Étincelle et les dragons, tous étaient là en dessous, quelque part...

Allons voir de plus près, mais, surtout, gardons les yeux grands ouverts !

Les couloirs du Palais de Justesse n'étaient pas très animés. Sire Kendrick n'en avançait pas moins avec une prudence extrême, guettant le moindre bruit de sabot qui aurait signalé l'arrivée d'une licorne.

Il suspendit son souffle au moment de croiser un groupe d'humains occupés à nettoyer le sol des traces de crottin. Mais les esclaves baissèrent le regard avec crainte. Le dragonnier ne sut pas s'il devait se flatter de si bien faire illusion dans le costume de l'horrible garde, ou se vexer qu'on le confonde avec quelqu'un d'aussi « costaud », pour employer le terme avantageux utilisé par Alyss !

– Continuons dans cette direction, lui indiqua cette dernière. Nous devons être sur la bonne piste. Voyez…

En effet, la demi-broche épinglée à sa chemise et le coutelas dissimulé dans le creux de sa main émettaient une faible lueur dorée. Dans le flamboyant décor de cristal, l'éclat se remarquait à peine. Mais la Protectrice sentait la dragonite chauffer de plus en plus, pour l'avertir ou bien la guider…

On ne savait jamais vraiment à quoi la pierre magique réagissait ! Le passage dans un autre monde, un danger imminent… en tout cas, toujours quelque chose d'extraordinaire ! C'est pourquoi Alyss supposa que c'était cette fois lié à l'Héritier.

Elle ne se trompait pas complètement. Après avoir erré encore un moment à travers un dédale de galeries et de salles, les infiltrés débouchèrent là où se dressait la statue de Morlok.

Un incroyable spectacle s'y déroulait. Trois drôles de petites filles ailées voltigeaient autour du dragonneau, qui semblait un peu plus gros que quelques heures plus tôt. Assis au milieu de la pièce, sous le dôme de cristal, il se tordait le cou pour suivre les cabrioles aériennes du trio, tout en battant de ses propres ailes.

« Il essaie de s'envoler, comprit Alyss. Son instinct le pousse à les imiter. »

Le petit dragon était d'ailleurs sur le point d'y parvenir. Son postérieur se soulevait du sol incrusté de pierreries d'à peu près un pouce. Il gagna peu à peu de la hauteur, atteignant presque un mètre, puis deux. Des jets de vapeur fusaient de ses naseaux dilatés par l'effort. Alyss n'osa pas se connecter à son esprit, de crainte qu'il se déconcentre et se blesse en retombant.

Les trois fillettes l'encourageaient de leur rire musical, semblable à un tintement de clochettes. En les observant mieux, la Protectrice réalisa qu'elles étaient plus âgées que leur taille menue le laissait supposer. Les traits de leurs minuscules visages n'avaient rien d'enfantin. L'évidence frappa soudain Alyss : de fines ailes transparentes, des vêtements constitués de parures végétales... il ne pouvait s'agir que de fées !

Elle en resta bouche bée, cachée derrière un des piliers de la salle. Sire Kendrick était cloué à ses côtés dans une pose tout aussi consternée. Sans doute était-il arrivé à la même conclusion.

Les fées existaient donc ailleurs que dans les contes qui se transmettaient le soir à la veillée, dans les foyers d'Idyllia !

Riant toujours à gorge déployée, les petites créatures dansaient autour de l'Héritier, tournant de plus en plus vite, jusqu'à ce qu'il ne soit plus possible de les distinguer.

– *Ça suffit, à présent !* tonna une voix pleine d'autorité. *Assez joué !*

Il n'y avait pourtant personne d'autre dans les parages, Alyss l'aurait juré. Du coin de l'œil, elle vit sire Kendrick se décomposer sous son capuchon. Ses lèvres formèrent deux syllabes muettes : MOR-LOK !

Aussitôt, l'Héritier cessa de battre des ailes et regagna le sol avec maladresse. Alyss ressentit sa confusion, ainsi qu'un brin de détresse lorsque le trio de fées se métamorphosa dans un poudroiement aux couleurs de l'arc-en-ciel.

En un clin d'œil, elles étaient devenues licornes ! Et pas n'importe lesquelles. Alyss reconnut les trois Sages, pourpre, rouge et verte, qui avaient procédé à son interrogatoire dans le Cercle de Justesse. Comment avait pu s'opérer un tel prodige ?

La réponse à cette question fusa de la bouche du sorcier lui-même, ou plutôt de son effigie, à savoir la statue dressée tout près de là :

– *Ceci n'était qu'un avant-goût de votre liberté prochaine*, promit-il. *Je romprai le charme qui maintient votre peuple sous cette forme d'animaux à corne dès que vous aurez accompli ce que j'exige ! D'abord, l'Héritier ne doit jamais trouver le moyen d'accéder à son Royaume Caché. Je vous ordonne donc de m'en débarrasser à jamais. Mais ce n'est pas tout ! Il s'est trouvé un champion pour défendre sa cause. Celui-ci doit être éliminé dans les plus brefs délais !*

La Sage pourpre prit alors la parole avec beaucoup de respect, voire de crainte.

– Nous avons capturé un dragonnier ainsi qu'une Protectrice. Le premier paraît inoffensif, Votre Grâce, un véritable benêt. La seconde est sûrement celle que vous recherchez.

– *Non*, rétorqua Morlok, *j'ai bien dit UN champion ! Il s'agit d'un humain pas très avancé en âge, maigre comme un clou et échevelé tel un épouvantail !*

Pour sire Kendrick, la description ne laissait aucun doute sur l'identité du « champion ».

La colère bouillonnait dans les veines du dragonnier, fâché d'avoir été traité de benêt. Il demeurait cependant trop terrifié pour contredire qui que ce soit. Même s'il n'était pas présent en chair et en os, le sorcier avait prouvé qu'il pouvait transformer les fées à volonté. Sire Kendrick n'avait aucune envie de devoir continuer l'aventure à quatre pattes, ou pire encore !

Alyss avait elle aussi deviné qui était le champion. Mais l'attitude du sorcier la surprenait, car il semblait redouter d'affronter l'écuyer. Sinon, pourquoi exiger des licornes (ou des fées) qu'elles se chargent à sa place de la sale besogne ?

Or, il y avait de quoi s'étonner. Artémus ne manquait certes pas de bravoure, et il était plutôt futé, mais de là à concevoir qu'il fasse trembler un magicien aussi puissant...

– Nous le trouverons, clamèrent d'une même voix les Sages. S'il a franchi la frontière entre les mondes avec nos prisonniers, il ne pourra pas nous échapper !

Chapitre 17
La vérité sur Étincelle

Étincelle fit sortir Arzach et Ezekyelle de leur cage sans la moindre difficulté. Elle disposait apparemment de l'autorité nécessaire sur les autres licornes qui surveillaient la Halle.

Artémus ne chercha pas à s'en étonner, trop heureux de pouvoir libérer les dragons. Mais des muselières d'acier empêchaient ces derniers d'expulser de la fumée, sans même parler de cracher le feu. De plus, une chaîne lestée de boulets s'enroulait autour de leurs ailes, repliées de force dans le dos. L'écuyer aurait voulu tout retirer illico, mais son amie l'en empêcha.

– Aucune propriétaire de dragon ne ferait une chose pareille.

– L'abomi... la cornue a raison, se reprit Axarès, s'efforçant à plus de politesse. Cela attirerait l'attention. Or nous avons besoin d'un maximum de discrétion.

À contrecœur, l'écuyer se rangea à leur avis. Tout le monde se dépêcha de quitter la Halle.

Avant d'en sortir, Artémus lança un dernier regard attristé aux autres prisonniers, toujours encagés. Une fois dans la rue, il lâcha l'accusation qui lui brûlait les lèvres.

– Vous traitez les dragons encore plus mal que les humains le font à Idyllia ! Pourquoi les détestez-vous autant, que vous soyez licornes ou bien fées ?

Bouleversé, le garçon avait encore du mal à imaginer Étincelle autrement qu'avec quatre pattes terminées par des sabots, et une jolie crinière dorée.

– Je ne suis pas historienne, avoua-t-elle. Je sais juste que ça remonte à l'époque très lointaine où nous vivions ensemble, dans le Royaume Caché à l'intérieur des mondes.

– Les orcs viennent de là, eux aussi, précisa Axarès.

La nostalgie lui arracha un bruyant soupir… mais on aurait plutôt dit qu'il mâchait du gravier !

– Vous n'avez donc pas toujours été en guerre contre les dragons, fit remarquer Artémus. Comment cela a-t-il commencé ?

– Ce n'est pas à moi qu'il faut poser la question, répondit Étincelle. Mais à Morlok.

Axarès confirma d'un mouvement de son menton semblable à une pierre mal taillée.

– Il a convaincu nos peuples de s'allier pour combattre le même ennemi, dit-il. Selon lui, il en allait de la survie du royaume.

– Et vous l'avez cru sur parole ?

– Son nom était partout respecté, ainsi que son autorité. Chacun consultait le sorcier quand il avait besoin de prendre une décision importante : les chefs de tribu, les princes, les nobles en tous genres…

– L'assemblée des fées le tenait également en très haute estime, ajouta Étincelle. Jusqu'à la Grande Malédiction. Depuis, les Sages le craignent et se plient à ses désirs dans l'espoir qu'il la lève.

– Je n'arrive pas à comprendre pourquoi vous avez fait si facilement confiance à ce démon, insista Artémus.

– Tu veux parler de son apparence ? demanda l'orc. Il a toujours aimé paraître sous des formes impressionnantes. Mais, à la vérité, nul ne sait à quoi il ressemble.

– C'est vrai, confirma Étincelle. Morlok est passé maître dans l'art de la transformation. Pour lui-même, comme pour les autres. Mon peuple en est le triste exemple, et ce don augmente son prestige, comme tu t'en doutes.

L'écuyer dut admettre qu'il y avait largement de quoi craindre un adversaire doté d'un tel pouvoir. Il se demanda même s'il existait la moindre chance de s'opposer à sa volonté. Il se rappela alors l'avoir vu reculer quand le feu croisé de trois dragons l'avait frappé, et il reprit confiance.

– Allons retrouver l'Héritier, proposa-t-il. Où est ce fameux Palais de Justesse ?

Au vu de la facilité avec laquelle ils venaient de délivrer Arzach et Ezekyelle, il supposait que la suite des opérations se déroulerait sans peine.

– Tout près d'ici, dit Étincelle. On aperçoit son dôme par-dessus les toits. J'en arrivais tout juste quand je vous ai rencontrés. Ton maître et la Protectrice y ont été conduits avec le dragonneau. Mais il y a un problème...

– Lequel ?

– Là-bas, je ne vous serai d'aucune utilité.

L'enthousiasme de l'écuyer s'envola en fumée.

– Tu ne veux plus nous aider ?

– Bien sûr que si, ce n'est pas ça...

Elle paraissait vraiment très gênée. Axarès s'impatienta.

– Crache le morceau, cornue ! Pas tant de mystère !

– C'est à propos des Sages qui habitent le Palais. Je ne peux pas les duper comme mes autres sœurs.

– Qu'est-ce que c'est que ce caprice ? gronda l'orc. Tu t'es parfaitement débrouillée avec les gardes de la Halle.

– Parce qu'elles ignorent les raisons qui ont précipité ma fuite et me respectent toujours…

– … mais les Sages connaissent la vérité à ton sujet, saisit l'écuyer. Pourtant, elles ne l'ont pas répandue en ville… Oh !

Alors qu'il réfléchissait tout en parlant, une explication logique s'était imposée.

– C'était pour ne pas nuire à leur réputation !

La licorne approuva.

– Je ne comprends pas, grommela Axarès.

– C'est pourtant simple, dit Artémus. Mon amie était autrefois l'une des Sages !

Cette découverte lui fit reprendre espoir. Étincelle, ou quel que soit son véritable nom, pourrait peut-être user de son influence sur ses sœurs pour plaider la cause des dragons, des orcs et des humains maltraités par son peuple. Encore fallait-il qu'elle puisse convaincre ces fameuses Sages de lui pardonner sa fuite…

– Sans toi, on ne pourra pas aller plus loin. Je t'en prie : pour l'Héritier, pour les dragons, Alyss et sire Kendrick, ne nous laisse pas tomber !

– Soit. Je vous accompagne jusqu'à l'entrée de service, à l'arrière du Palais. Après, vous devrez vous débrouiller sans moi.

C'était toujours mieux que rien, pensa Artémus.

Ils repartirent tous d'un bon pas, chacun plongé dans ses pensées. Ils étaient presque arrivés à destination quand on les interpella depuis le coin de la rue.

– L'épouvantail humain… c'est lui, là-bas, avec l'orc et les deux dragons !

– Arrêtez-le, mes sœurs ! Ne le laissez pas s'enfuir !

Alertées, plusieurs licornes déboulèrent au galop de toutes les directions ainsi que de l'intérieur du Palais. Plus aucune possibilité de battre en retraite, réalisa Artémus, comprenant avec un temps de retard qu'il était « l'épouvantail » cause de ce tintamarre…

Heureusement, Axarès avait déjà réagi en retirant d'un geste les muselières d'Arzach et Ezekyelle, après en avoir brisé les attaches sans effort.

Tandis que les dragons se dégourdissaient la mâchoire, l'orc mordit à belles dents les maillons des chaînes qui entravaient leurs ailes. Il y eut un, puis deux claquements secs : ceux du fer cassé net par les impressionnantes défenses.

Les licornes se figèrent en voyant s'ouvrir tout grand les gueules d'Arzach et Ezekyelle.

– Faites-leur simplement peur ! implora Artémus.

Peine perdue. Les jets de feu trop longtemps contenus jaillirent en même temps qu'un double cri de colère... Les dragons désiraient venger leurs malheureux congénères réduits en esclavage.

Mais Étincelle les bouscula afin de dévier la trajectoire de leur flamme au dernier moment.

Au lieu de frapper les « cornues », chaque jet de feu toucha le mur du Palais à un endroit différent...

Alors le cristal éclata avec fracas, dans une explosion de couleurs digne d'un bouquet final de feu d'artifice !

Chapitre 18

Explosions à gogo !

Alyss et sire Kendrick sursautèrent à chacune des deux explosions, quasi simultanées. Deux brèches s'ouvrirent dans le mur de cristal, au fond de la salle.

À peine quelques instants plus tard, une créature faite de roc-vif apparut par la première entrée, puis un jeune humain chétif, à la chevelure ébouriffée, émergea de la seconde.

– Artémus ! s'écria sire Kendrick. Je savais qu'il n'était pas mort !

Mais le dragonnier ne captait plus l'écho de sa voix. Il tenta de se déboucher les tympans en y fourrant le bout du petit doigt… en vain. Il n'entendait rien qu'une espèce de sifflement aigu. Aussi, quand les lèvres d'Alyss remuèrent tout près de lui, il ne put saisir ce qu'elle disait.

Avait-elle prononcé le mot « dragon » ? Ou bien « danger » ? À moins que ce ne fut « fonçons » ou même « foncez » ?

Comme il restait sans réaction, la Protectrice leva les yeux au plafond, l'air désespéré. Puis elle bondit de leur cachette derrière le pilier et se précipita sur l'Héritier, en même temps que l'écuyer.

Aussitôt, les trois fées redevenues des licornes colorées s'interposèrent pour les empêcher d'atteindre le dragonneau. Face aux cornes baissées vers sa poitrine, Alyss ne pouvait opposer que la modeste lame du coutelas de dragonite ! Sire Kendrick frémit à la perspective de voir la dame de ses pensées (il en pinçait vraiment pour elle !) le cœur percé par ces espèces de flèches crâniennes...

– Arrêtez, mes sœurs ! Ne faites pas couler le sang !

C'était la voix d'Étincelle, qui venait de s'infiltrer par l'une des trouées ouvertes dans la paroi. La licorne immaculée dépassa Artémus et Alyss en trottant jusqu'au centre du Cercle de Justesse, ne s'arrêtant que sous le puits de lumière du dôme de cristal.

– Assez tremblé devant Morlok, lança-t-elle au museau des Sages. Il est temps de nous dresser contre lui pour l'obliger à lever la Grande Malédiction. Le destin nous en offre enfin l'opportunité, je vous supplie de ne pas la compromettre. Même si vous me considérez comme une traîtresse, écoutez mes paroles et vous réaliserez qu'elles sonnent plus juste que jamais !

Quand le silence retomba, la tension était palpable. Personne dans la salle n'osait plus bouger. Chacun retenait son souffle en attendant la décision des Sages.

– Pour combattre le sorcier, dit Pourpre, encore faut-il savoir où le trouver !

– Pourtant, une chose est certaine, ajouta Verte, Morlok craint d'affronter le champion...

– ... bien que ce jeune humain n'ait pas du tout l'air menaçant, compléta Rouge.

Toutes trois observaient maintenant Artémus de plus près. De fait, l'écuyer s'attirait tous les regards de l'assistance – licornes, dragonniers, orc et Héritier...

jusqu'à celui de la statue du sorcier, dont les yeux s'étaient mis à flamboyer d'un pur éclat de haine !

– Moi ? bredouilla le garçon. Un champion ?

– Et pas n'importe lequel ! lança Alyss. Celui du roi des dragons ! J'étais là quand Morlok t'a désigné comme tel.

– Moi aussi, mon garçon, renchérit sire Kendrick, qui avait recouvré une partie de son ouïe et pu suivre une partie de la conversation. C'est bien de toi qu'il parlait, aucun doute à ce sujet, ajouta-t-il en s'avançant à la limite du Cercle. Tu es bien le champion !

Il ne semblait plus du tout jaloux que cet honneur échût à son écuyer plutôt qu'à lui-même. Il semblait au contraire soulagé. « Sûrement est-il heureux d'éviter une situation périlleuse », songea le principal intéressé. Malgré tout, Artémus ne s'imaginait pas du tout dans le rôle qu'on lui assignait.

– Vous avez dû mal comprendre...

– Non, lui assura Alyss, le sorcier a été très clair. Et cela explique pourquoi la sphère qui protégeait l'Héritier est apparue devant toi. Ce n'était pas un hasard : cette machine te cherchait. Elle savait où te trouver.

– Comment est-ce possible ?

– Seul celui qui l'a construite pourrait nous renseigner...

À cet instant, un atroce rugissement s'échappa de l'effigie de Morlok.

– *Dernier avertissement ! Renoncez à poursuivre cette quête insensée ou vous le regretterez, tous autant que vous êtes !*

Il n'eut pas le temps d'ajouter quoi que ce soit, cependant : deux jets de feu croisés firent exploser la statue, comme le mur du Palais quelques instants plus tôt.

Naseaux fumants, Arzach et Ezekyelle tendaient le cou à travers les brèches dans la paroi. L'Héritier glapit de joie en les apercevant. Les Sages n'essayèrent pas de le retenir quand il se rua vers eux, bondissant, et s'envolant même, sur de courtes distances.

– J'espère, dit Verte, que nous ne venons pas de commettre une erreur irréparable...

– Non, répliqua Étincelle avec assurance. Notre erreur fut de nous associer à Morlok et nous continuons d'en payer le prix aujourd'hui. Je suis sûre que le sorcier ne lèvera jamais la Grande Malédiction car elle est son seul moyen de pression sur nous. Mais Artémus et ses compagnons nous aideront à retrouver notre apparence. Accordez-leur votre confiance, mes sœurs, ils la méritent vraiment.

Axarès était sur le point d'apporter son soutien lorsqu'il perçut une infime vibration sous la large plante de ses pieds. Le roc-vif dont il était constitué se montrait particulièrement sensible aux mouvements des profondeurs du sous-sol. Il voulut avertir l'assistance de l'imminence du séisme, probablement déclenché par Morlok en représailles, mais une violente secousse ébranla d'un coup l'édifice.

Par réflexe, l'Héritier sauta dans les bras d'Artémus. Une fraction de seconde plus tard, les murs se lézardèrent et, loin au-dessus des têtes, le dôme de cristal se fissura à vue d'œil… Il était évident qu'il ne tarderait plus à s'écrouler !

Pourtant, un problème plus urgent retenait déjà l'attention de tous ceux qui se tenaient dans le Cercle de Justesse : le sol venait de s'ouvrir en deux sous eux, comme la coque d'une noix pressée au creux du poing !

Chapitre 19

Des paroles d'une grande justesse

Axarès déchira les pans de sa tunique afin de déployer ses ailes. D'une poigne ferme, il rattrapa Artémus par la ceinture et le soutint sans difficulté, même si le garçon portait encore l'Héritier entre ses bras serrés.

Mais l'orc volant ne pouvait rien faire pour les autres humains précipités dans l'abîme. De son œil habitué aux ténèbres, il les vit plonger en tourbillonnant vers une mort certaine… Les abominables cornues, au moins, avaient eu le réflexe de s'écarter d'un bond en bordure de la crevasse…

– Tiens bon, maman, j'arrive !

Surpris, Axarès releva la tête… juste à temps pour distinguer un éclair orangé fendre la voûte de l'arc-en-ciel, visible par-dessus la brisure du dôme du Palais, à une vitesse démentielle. Un dragon élancé, que montait une fillette poids plume, lui fila sous le nez, avant de disparaître sous ses pieds.

– Iselle ! Belzébul ! s'écria Artémus.

Axarès posa son fardeau en sécurité avant de demander :

– Tu les connais ?

– C'est mon amie ! Elle les sauvera, hein ?

L'orc aurait voulu acquiescer, mais la crevasse était déjà en train de se refermer, dans un grondement qui aurait pu passer pour le rire de Morlok…

Sire Kendrick n'avait plus notion de haut, de bas, ni de rien d'autre ! Il chutait en tournoyant sur lui-même, certain que, cette fois-ci, l'aventure allait très mal se terminer.

Il n'avait qu'un seul regret, ou presque : ne plus pouvoir avouer à Alyss ce qu'il éprouvait pour elle. La Protectrice ne saurait donc jamais qu'il en était secrètement amoureux... tant pis pour lui !

– Aïe ! Ouille ! Qu'est-ce que...

Le postérieur du dragonnier se mit soudain à l'élancer, comme si on venait de le transpercer d'un millier de fléchettes affûtées. Dans le même temps, il cessa de tomber.

Se dévissant le cou, sire Kendrick aperçut juste au-dessus de lui deux flammes qui brillaient dans deux yeux ronds. Un dragon le contemplait donc, mais lequel ? Arzach ou Ezekyelle ?

Ni l'un ni l'autre, comme le révéla la voix d'Iselle !

– Désolée pour votre fessier, messire ! Belzébul vous a attrapé entre ses griffes par l'endroit le plus facile à viser, qui se trouve être le plus charnu de votre anatomie...

Était-ce un ricanement étouffé d'Alyss que sire Kendrick entendait ?

– Je suis sûre qu'un guerrier tel que vous a connu de pires blessures, se contenta de dire la Protectrice.

Elle-même avait apparemment pu grimper sur le dos de Belzébul et adopter une position plus digne.

– Tu m'as désobéi, jeune fille…, reprit-elle d'un air sévère en s'adressant à sa progéniture.

Alyss marqua une pause, puis conclut :

– Et j'en suis ravie, ma foi !

Le Palais de Justesse avait tenu bon, à l'exception de son dôme fracassé et de ses murailles déjà malmenées par le feu des dragons.

Sitôt la crevasse refermée, les Sages avaient convoqué une assemblée extraordinaire d'anciennes fées. Sous leur forme licornesque, elles se pressaient dans la grande salle où s'était dressée la statue de Morlok.

Entouré de centaines de répliques colorées d'Étincelle, Artémus n'était pas très à l'aise. Surtout qu'elles ne se gênaient pas pour délivrer toutes sortes de commentaires désobligeants !

– *Ça ?* le champion qui va nous délivrer de la Grande Malédiction ?

– Vous plaisantez, mes sœurs ? Il ressemble à un balai de fagots de foin !

Au moins, songea l'écuyer, cette comparaison le changeait du banal épouvantail...

– L'héritier du Royaume Caché s'est présenté devant lui, rappela Étincelle. Je peux en témoigner, j'y étais. Et, l'année passée, ce courageux garçon a affronté un dragon de glace que Morlok avait animé par un sortilège...

Elle n'alla pas jusqu'à préciser qu'Artémus n'avait pas vaincu la créature, mais cela impressionna une partie de ses sœurs. Ces dernières cessèrent de moquer son manque d'allure et il en profita pour les interpeller :

– Aidez-moi à garder ce jeune dragon sain et sauf et à trouver le chemin de son royaume, je vous en prie !

– Quel autre choix nous reste-t-il ? soupira Rouge. À présent, tu es notre dernier espoir de retrouver une vie normale. Et mieux vaut que vous déguerpissiez au plus vite avant que Morlok ne déclenche une nouvelle catastrophe !

Les licornes semblaient toutes du même avis, car elles agitaient le cou de haut en bas. Étincelle frappa le sol du sabot, comme elle en avait l'habitude pour marquer sa satisfaction. Encouragé, Artémus poussa sa chance :

– Si je réussis, promettez-moi de libérer vos esclaves, exigea-t-il.

Une rumeur de mécontentement parcourut l'assistance. L'écuyer rassembla son courage pour hausser le ton :

– Vous ne vous souvenez même plus des raisons qui vous font détester les dragons ! Quand vous étiez des fées, vous êtes parties en guerre parce que Morlok vous y a incitées. Mais qu'aviez-vous à reprocher à vos soi-disant ennemis ? Vous avaient-ils causé du tort ?

– C'est si vieux..., commença à se justifier une des Sages.

– Cessez de vivre dans le passé, l'interrompit l'écuyer. Ça n'a jamais été une excuse pour mal se comporter. Les humains ne sont pas toujours un exemple à suivre, mais, là d'où je viens, à Idyllia, ils sont nombreux à ne plus considérer les dragons comme des animaux et à leur accorder les droits qu'ils méritent...

Ce n'était peut-être pas l'exacte vérité, toutefois on ne pouvait nier que les choses commençaient à évoluer dans le bon sens. Déjà, à l'exemple d'Alyss, d'Iselle, et même de sire Kendrick, beaucoup de dragonniers n'utilisaient plus les colliers de fer. On voyait de plus en plus de dragons circuler sans entraves dans les rues des villes et des villages. Et comme cela ne provoquait aucun dégât, qu'ils ne crachaient pas le feu à tout-va, les gens changeaient peu à peu d'attitude à leur égard. Pour Artémus, c'était une petite victoire.

Il ne voyait donc pas pourquoi les licornes ne seraient pas capables de suivre le même chemin, et il le leur répéta avec autant de conviction qu'il le put.

Un silence suivit la déclaration d'Artémus. Il attendit la réaction des licornes le cœur battant à une cadence infernale. Le temps pressait et il ne savait comment s'y prendre pour jouer son rôle de champion. Mais il était prêt à tout pour l'assumer et retrouver ses compagnons engloutis dans les entrailles de ce monde. Sire Kendrick et Alyss, bien sûr, mais surtout Iselle, dont la réapparition-surprise lui avait redonné espoir.

Quand la jeune fille avait surgi du ciel sous les naseaux des anciennes fées, celles-ci avaient écarquillé leurs gros yeux ronds sans autre réaction. Tout était arrivé si vite ! Pourvu, songeait l'écuyer, qu'Iselle ait réussi à sauver sa mère et le dragonnier…

– Le Cercle est peut-être brisé, mais tes paroles sont la justesse incarnée, admit finalement Pourpre. Nos sœurs vont t'escorter jusqu'à la Bouche de Feu afin que tu poursuives ton voyage.

Chapitre 20

Sur un fleuve de lave en fusion

La chaleur augmentait de minute en minute, jusqu'à devenir presque palpable. Un trait de lumière rougeâtre apparut dans le champ de vision de sire Kendrick, tout au fond du précipice.

– Quelque chose flambe là-dessous, fit-il remarquer en essuyant la sueur sur son front et dans les poils de sa barbe.

– Ce n'est pas un incendie, ni un simple lit de braises, précisa Alyss.

Connectée à l'esprit de Belzébul, la Protectrice voyait à travers son regard d'une redoutable précision.

– Ça ressemble plus à une rivière, ou même à un fleuve de lave en fusion, indiqua-t-elle.

Sire Kendrick lâcha une volée de jurons avant de s'exclamer :

– Morlok voulait nous faire fondre dans cette soupe infernale !

– Un excellent moyen de nous faire disparaître à jamais, compléta Alyss. Si Iselle n'avait pas eu l'audace de passer outre mes consignes et de nous suivre…

Elle n'en dit pas plus.

Ce n'était pas nécessaire.

– Misérable sorcier, grommela le dragonnier. S'il se dresse à nouveau en face de moi, je lui ferai regretter son arrogance !

Tout comme sa mère, Iselle n'en croyait pas un mot. Assise entre les bras d'Alyss, sur l'échine de Belzébul, elle évita toutefois de faire un commentaire. Leur situation était des plus précaires, inutile de l'aggraver avec une remarque déplacée !

Les ailes écartées en grand, le dragon orangé décrivait des cercles dans l'air surchauffé, planant avec délice en direction du fleuve de lave. Le feu liquide s'écoulait entre d'impressionnants à-pics de roche noire, dénuée d'aspérités. Il n'y avait aucun rivage nulle part, pas la moindre berge où se poser.

– Nous n'avons guère le choix pour continuer, dit Alyss. Rejoignez-nous, sire Kendrick, et installez-vous plus confortablement.

Elle lui tendit la main pour l'aider à se hisser sur le dos de Belzébul, où il se reçut en étouffant un ouf de soulagement, pas fâché d'adoucir le sort réservé à son postérieur malmené par les griffes du dragon orangé.

Ce dernier se posa alors en douceur à la surface du bouillon de lave avec un grognement de joie pure. Sa carapace d'écailles le protégeait efficacement de toute brûlure. Ce bain improvisé lui était en réalité un vrai ravissement !

Il était totalement dans son élément, comprirent les Protectrices, tandis que l'équipage du drôle de navire vivant se laissait emporter par le courant.

Une délégation de licornes accompagna le champion et son entourage quelques lieues à l'écart de la cité, jusqu'à l'endroit où s'élevait un imposant cristal aux dimensions d'une petite colline. Un trou était percé à sa base, laissant échapper un souffle d'air aussi chaud que l'haleine d'un dragon, sinon plus.

– Voici la Bouche de Feu, annonça Pourpre.

Artémus s'approcha d'assez près pour jeter un coup d'œil à l'intérieur. Une volée de larges marches s'enfonçait dans les profondeurs d'une gorge ténébreuse.

– Où mène cet escalier ? interrogea l'écuyer. Directement au Royaume Caché ?

Il l'espérait de tout cœur, d'autant que l'Héritier montrait des signes d'impatience à ses côtés. Artémus pouvait même ressentir la hâte qu'il avait de s'engouffrer dans cette bouche ardente. Un véritable lien existait bel et bien entre eux, qui se raffermissait d'heure en heure.

– Il rejoint le Léthé, répondit Étincelle. Ce grand fleuve te conduira où tu désires te rendre. Il finit par se jeter dans une véritable mer de feu. Celle-ci entoure et protège le Royaume Caché. Sous notre forme actuelle, il nous est hélas impossible d'emprunter ce passage. Sans ailes ou sans armure d'écailles, inutile d'y songer, comme tu le découvriras une fois que tu seras arrivé tout en bas. Mais, pour t'avoir souvent porté, je sais que tu ne pèses pas lourd, alors tu pourras continuer ton voyage à dos de dragon sans le moindre souci. Seulement, fais très attention, Artémus, je t'en prie ! Morlok est prêt à tout pour empêcher que l'Héritier parvienne à destination.

À mesure qu'elle mettait son ami humain en garde, l'émotion s'accentuait dans la voix de la licorne blanche.

– Je protégerai le champion, lui promit Axarès. Le sorcier ne me fait pas peur.

– C'est tout à ton honneur. J'espère de tout cœur que vous réussirez.

La gorge nouée, Artémus salua Étincelle, se demandant s'il la reverrait. Puis il s'engagea dans l'escalier à la suite d'Arzach qui était bien décidé à jouer les éclaireurs, dans tous les sens du terme. Axarès leur emboîta le pas en portant l'Héritier, désormais trop lourd pour les bras de l'écuyer. Ezekyelle ferma la marche, tous les sens aux aguets.

Artémus remarqua que le passage souterrain permettait aux dragons de se faufiler sans difficulté. Ceux qui l'avaient taillé dans le cristal, à une époque reculée, prévoyaient donc la circulation des habitants du Royaume Caché entre les différents mondes. C'était le signe d'échanges, sinon d'une bonne entente, avant que la guerre déclarée par Morlok ne vienne tout compromettre.

Si fées, orcs et dragons avaient pu un jour se fréquenter, rien ne s'opposait à ce qu'ils recommencent une fois débarrassés de la menace du sorcier. Du moins l'écuyer tenta-t-il de s'en persuader, tandis qu'il s'enfonçait toujours plus bas à l'intérieur des mondes.

Pendant un très long moment, le silence ne fut brisé que par l'écho des pas et le souffle régulier des respirations. Les marches se succédaient par dizaines, centaines… peut-être même par milliers ! En tout cas, elles furent bientôt trop nombreuses pour être décomptées. Le cristal reflétait la flamme que soufflait Arzach pour les éclairer, diffusant une vague lueur orangée, suffisante pour voir où l'on posait le pied.

Après ce qui parut des heures à l'écuyer, l'équipage perçut un son évoquant celui de l'orage avant le déclenchement de la tempête. Arzach ravala sa flamme, devenue inutile, car une lumière rouge se répandait à travers le cristal. L'air chaud monté du fond de la Bouche de Feu devenait carrément torride.

Ils atteignirent enfin la dernière marche et découvrirent le Léthé devant eux. Le fleuve charriait une lave incandescente dans le fond d'un canyon de roche noire et luisante dont on n'apercevait pas les hauteurs.

L'Héritier se mit à siffler d'excitation entre les bras de l'orc.

– Je crois que vous pouvez le lâcher, maintenant, dit Artémus.

Le dragonneau se plongea aussitôt dans le Léthé, mais avec précaution, pour ne pas projeter d'éclaboussures brûlantes sur ses compagnons. Ses aînés l'imitèrent bien vite. Artémus comprit le sens de l'avertissement d'Étincelle : pour emprunter cette voie d'accès au Royaume Caché, il fallait posséder une armure d'écailles à l'épreuve des températures extrêmes… ou bien être capable de voler.

Dans le cas contraire, à moins de pouvoir jouer les passagers, le voyage s'arrêtait là, au pied de l'interminable escalier. De cette façon, les habitants du Royaume Caché se protégeaient d'une invasion massive. Impossible en effet d'y transporter des machines de guerre, que le Léthé aurait réduites en cendres dans la seconde !

Artémus s'installa avec précaution sur le dos d'Arzach, et Axarès sur celui d'Ezekyelle. Pour le moment, l'orc préférait ne pas épuiser ses forces en volant. Il ignorait combien de temps durerait le périple et préférait s'économiser pour le cas où la bagarre éclaterait sans prévenir…

Les dragons gagnèrent le milieu du fleuve avec de gracieux mouvements, ondulant du cou jusqu'à la pointe de leur queue. Ils suivirent ensuite le sens du courant, l'Héritier protégé entre les flancs de ses aînés, gagnant progressivement de la vitesse.

Bientôt, ils nagèrent presque aussi rapidement qu'ils étaient capables de voler par vent favorable, avec une évidente jubilation.

Malgré la fatigue, et l'inquiétude qui le tenaillait au sujet de sire Kendrick et des Protectrices, Artémus ne put retenir un cri de joie, lui aussi.

Peu à peu, les falaises de roche noire s'éloignèrent de chaque côté, jusqu'à se fondre à l'horizon. Le cours du Léthé ne cessa de s'élargir, jusqu'à ce qu'il se jette dans l'incroyable Mer de Feu annoncée par Étincelle…

Chapitre 21

Un inquiétant essaim de points sombres

Des flammes en forme de vagues, saupoudrées d'une écume de braises, déferlaient à perte de vue. Leur crépitement sauvage était comme le rugissement de mille dragons furieux. Quant à l'air, surchauffé, il semblait sur le point de s'embraser à tout instant !

Iselle n'aurait jamais pu concevoir un spectacle d'une aussi terrifiante beauté, même dans ses rêves les plus insensés. Elle eut une pensée pour maître Raven : son vieux hibou de professeur se serait étranglé d'apprendre l'existence d'une véritable mer de feu *à l'intérieur des mondes*, lui qui ne jurait que par les cartes de géographie classiques et ce qu'on pouvait observer à la surface d'Idyllia.

Alyss et sire Kendrick ouvraient eux aussi des yeux ronds de stupéfaction sous leurs fronts dégoulinant de transpiration. Seul Belzébul ne manifestait aucun étonnement. Le dragon orangé ne cachait pas sa joie de pouvoir barboter dans son élément de prédilection. En revanche, il risquait de s'y épuiser d'autant plus rapidement qu'il avait sur le dos un poids important... Si à elles deux les Protectrices ne pesaient pas bien lourd, sire Kendrick représentait un fardeau conséquent.

Iselle cherchait le meilleur moyen de soulever le problème sans vexer inutilement le dragonnier.

– J'espère qu'on ne tardera pas à atteindre un rivage, dit-elle assez fort pour couvrir le bruit du brasier qui les entourait. Belzébul est vaillant, mais il aura bientôt besoin de repos.

– Il n'est pas le seul, rétorqua sire Kendrick, sans saisir l'allusion. J'ai les fesses en compote et une terrible envie de m'allonger pour une sieste réparatrice !

– Votre souhait ne devrait pas tarder à être exaucé, assura Alyss.

Elle désigna sa demi-broche ainsi que le coutelas de dragonite. Ceux-ci palpitaient d'un vif éclat doré.

– J'espère que c'est bon signe, maman, lança Iselle. Et pas l'annonce d'un grand danger.

– Allons, petite demoiselle, la tança sire Kendrick, ne joue pas les oiseaux de mauvais augure ! Rien ne pourrait survivre dans un océan de feu.

– Peut-être, mais dans les airs ? D'ailleurs, en parlant de volatiles… regardez !

Iselle pointa l'index en direction du ciel, ou de ce qui en tenait lieu. Nul soleil n'y brillait, aucun nuage n'y paressait. On distinguait seulement, d'un bout à l'autre de l'horizon, une espèce de plafond terne et gris. Mais ce n'était pas ce qui avait attiré l'attention de la jeune fille.

Un inquiétant essaim de points sombres s'était rassemblé en altitude. Et il fondait désormais droit sur Belzébul et ses passagers !

– Quelque chose perturbe l'Héritier, signala Artémus.

Il était obligé de hurler, les mains en porte-voix, pour qu'Axarès l'entende par-dessus l'infernal grésillement des flots de feu.

– Comment le sais-tu ? demanda l'orc. Il n'a pas l'air nerveux.

Le dragonneau nageait toujours entre Arzach et Ezekyelle, ses écailles immaculées le protégeant de la morsure des flammes. Étirant le cou, il braquait son regard sur un point lointain, quelque part en altitude, droit devant.

– Je le sens, rétorqua Artémus. Je ne peux pas l'expliquer autrement.

– En tant que champion, tu as dû développer le même don que les Protectrices.

L'orc semblait trouver cela tout à fait logique.

– Peux-tu te concentrer et en apprendre plus ? interrogea-t-il.

Artémus ferma les paupières et tenta de se connecter aux pensées de l'Héritier, comme il avait souvent vu Iselle le faire avec ses différentes montures.

Il parvint à visualiser un horrible faciès : peau rugueuse comme la pierre, longues défenses en vrille plantées de chaque côté de la bouche…

C'était bizarre. Pourquoi songer à Axarès ? Mais le visage de l'orc se démultiplia peu à peu. Artémus en contempla bientôt une douzaine de répliques plus ou moins fidèles.

L'image n'avait rien d'une pensée. L'écuyer réalisa qu'il voyait par les yeux de l'Héritier, et que ces derniers étaient aussi performants que le rapprochoscope de Grymond.

La vue s'élargit soudain sur un pan de faux ciel d'un gris terne. Les orcs volaient en nuée, battant des ailes avec frénésie. Artémus ne tarda pas à comprendre ce qui motivait leur empressement.

Sept ou huit des créatures ailées tenaient un grand filet… Entre ses mailles d'acier, le pauvre Belzébul se débattait vainement !

Deux autres portaient chacune entre leurs bras musclés Alyss et Iselle, tandis que, pour sire Kendrick, il fallait un solide duo pour se le coltiner !

Les humains ne semblaient pas blessés, mais la vision s'interrompit brusquement. Artémus rapporta ce qu'il venait de voir à Axarès.

– La bonne nouvelle, commença ce dernier, c'est que tes amis sont en vie. La mauvaise, c'est que Morlok a envoyé ses sbires les capturer. Sûrement pour s'en servir d'otages, car il n'ose pas t'affronter…

– Ça n'a pas de sens ! s'écria l'écuyer. Comment pourrais-je le menacer ?

– Tu es le champion de l'Héritier, je te rappelle.

– On me le serine sans arrêt, mais à quoi bon ? Je n'ai pas la moindre idée de ce que ça signifie !

– Calme-toi. Nous allons bientôt le découvrir. Notre destination est plus proche qu'on pourrait le soupçonner.

Artémus n'y comprenait plus rien. Son compagnon avait-il perdu la tête ? On n'apercevait que des vagues flamboyantes partout autour d'eux !

Quoique... ce n'était plus tout à fait vrai. Quelque chose de gigantesque profilait son ombre sous la surface de la Mer de Feu.

Quelque chose de vraiment, *vraiment* démesuré...

Et qui grimpait haut, *très* haut en direction de l'absence des cieux...

Artémus étouffa un cri lorsqu'une sphère argentée semblable à celle qui avait abrité l'Héritier – mais de la taille d'une petite lune – émergea des flammes pour se lever droit devant lui, occultant peu à peu toute la vue. Les orcs et leurs prisonniers volèrent jusqu'à son sommet et ne tardèrent pas à disparaître, comme avalés par la titanesque apparition.

C'était sans conteste la chose la plus énorme que l'écuyer ait jamais contemplée : elle remplissait tout l'horizon !

Il devina aisément de quoi il s'agissait. Son instinct le lui soufflait, ainsi que les sifflements stridents d'Arzach, d'Ezekyelle et de leur jeune protégé, tous trois très excités.

Ils avaient finalement atteint le Royaume Caché.

Chapitre 22

Les secrets du Royaume Caché

Les trois dragons nageaient autour de l'incroyable sphère, à la recherche d'une ouverture dans sa coque argentée. L'Héritier guidait Arzach et Ezekyelle, tandis qu'Axarès surveillait les environs, au cas où des orcs reparaîtraient, animés de mauvaises intentions.

Artémus restait concentré sur les pensées du dragonneau. Elles devenaient de plus en plus précises et faciles à déchiffrer, ce qui prouvait que l'Héritier gagnait en maturité à vitesse accélérée. D'ailleurs, si on le comparait à ses congénères, on pouvait remarquer qu'il atteignait maintenant presque la moitié de leur taille.

Gryselda ! Gryselda ! appelait-il. *Je suis de retour, Gryselda ! Ouvre-moi !*

Un rectangle de lumière dorée se découpa sur la surface étonnamment lisse de la sphère, un peu au-dessus du niveau de la Mer de Feu. L'Héritier se précipita pour passer à travers. Arzach et Ezekyelle le suivirent sans hésiter. Sitôt de l'autre côté, l'incessant grésillement des flammes ne fut plus qu'un souvenir...

Bouche bée, Artémus contempla une prairie d'herbes hautes, parsemée de fleurs violettes, rouges et jaunes, sous un ciel d'un blanc éclatant. Axarès poussa un profond soupir avant de déclarer, ému :

– Ça fait du bien de revenir chez soi !

– Qui... qui est Gryselda ? balbutia l'écuyer. Est-ce que vous le savez ?

Le garçon jeta un coup d'œil derrière eux : le portail de lumière dorée s'était refermé et la coque argentée avait disparu ! La prairie déroulait son tapis végétal jusqu'au pied de collines qui faisaient le dos rond à l'horizon.

– Laissons la se présenter elle-même, répondit l'orc. Elle ne va pas tarder.

Axarès avait à peine fini de parler qu'un trou parfaitement rond s'ouvrit dans le sol, quelques pas plus loin. Celle qui en émergea était la copie conforme, barbe à part et rides en plus, des jumeaux de la Vallée. Même stature modeste, mêmes lunettes sur le bout du même nez, même réseau de plis sur le front et même gilet à carreaux boutonné sur son bedon !

– Enfin, vous voilà ! lança-t-elle, l'air bougon. Pas trop tôt !

Là encore, ces paroles résonnaient de façon étrangement familière aux oreilles d'Artémus. La voix de Gryselda ressemblait à celle des gardiens presque autant que les mots employés. Son humeur semblait également au diapason…

L'Héritier frotta son museau contre le dos de la main frêle que la vieille femme lui tendit. Arzach et Ezekyelle semblaient eux aussi ravis de cette apparition. Ils inclinèrent le cou devant elle avec un profond respect.

– Vous devez être parente avec Grymond et Marmaduke, avança l'écuyer. Vous leur ressemblez tant...

– Ces chenapans ! Bien sûr qu'on se ressemble, eux et moi ! Il ne manquerait plus que ce ne soit pas le cas ! A-t-on déjà vu des enfants ne pas posséder les traits de leur mère ?

Voilà qui expliquait tout (ou presque), songea Artémus, à commencer par l'étrange faculté qu'avait Gryselda d'ouvrir des portes là où il n'y en avait pas. Ce devait être un don de famille !

– Vous êtes la gardienne du Royaume Caché, devina-t-il.

– N'est-ce pas qu'il est futé ? se moqua gentiment la mère des jumeaux. J'ai en effet ce titre, mais pas seulement. Bon, assez discuté ! Morlok a dû repérer votre intrusion. Tel que je le connais, il va encore essayer de vous jouer un vilain tour...

Sans cesser de parler, Gryselda fit voleter ses doigts dans l'air doux et parfumé, dessinant une figure complexe. Le trou à ses pieds se referma et un nouveau rectangle doré, assez large pour laisser passer les dragons, fit son apparition juste sous le nez d'Artémus.

– Suivez-moi jusqu'à un endroit plus confortable, nous pourrons y poursuivre notre conversation.

Emmailloté d'acier, Belzébul ne pouvait que grogner sa frustration, puisqu'il était incapable de voler comme de cracher le feu. Néanmoins, la douzaine d'orcs qui entouraient les prisonniers lui adressaient des regards méfiants, voire haineux.

Alyss et Iselle faisaient de leur mieux pour apaiser le dragon orangé. Sire Kendrick essayait de se fondre dans le décor, préférant qu'on l'oublie – en vain, au vu de son gabarit !

Quelques instants plus tôt, ils avaient tous pénétré dans la sphère argentée par un trou foré à sa surface, et découvert un monde bien plus vaste qu'ils n'auraient pu le deviner.

Après un nouveau vol qui n'avait guère duré, ils avaient rejoint le sommet d'une colline où s'érigeaient plusieurs hautes pierres couvertes de gravures étranges, peut-être une écriture oubliée.

– Et maintenant, chuchota le dragonnier, que croyez-vous qu'il va se passer ?

La question s'adressait aux Protectrices. Alyss secoua la tête, lui intimant le silence. Prête à passer à l'action, elle dissimulait dans une main le coutelas de dragonite, dont la lame se glissait sous la toile de chemise qui lui couvrait l'avant-bras. S'il le fallait, elle défendrait chèrement leur peau, celle de sa fille en premier lieu...

Iselle n'était toutefois pas prête à se laisser menacer sans réagir. L'œil brillant de colère, les poings serrés, elle toisait les orcs, l'air de dire : « Allez-y, attaquez si vous l'osez ! »

Mais les créatures ailées n'accordaient guère d'attention à la jeune fille. Elles semblaient se concentrer sur un endroit précis, entre les pierres dressées, où Iselle n'apercevait rien de particulier...

Alyss émit soudain un petit cri. Le coutelas s'était mis à briller et chauffer dans sa paume en même temps que l'emblème accroché à sa poitrine. Les symboles sur les pierres s'éclairèrent, eux aussi.

Une puissante magie était en train de se manifester, comprit Iselle, qui se retint de trembler.

L'air alentour vibrait et tous ses poils et ses cheveux se hérissaient, comme ceux de sa mère et de sire Kendrick. Pour le coup, ce dernier ressemblait dorénavant plus à un épouvantail, avec sa tignasse ébouriffée, que son pauvre écuyer !

Peu à peu, une silhouette floue s'extirpa du néant. Les paumes des orcs, plus dures que le roc, s'abattirent sur les épaules de leurs prisonniers pour les contraindre à se courber devant elle.

– À genoux devant Morlok !

Le sorcier daignait donc se montrer en personne.

Ou plutôt...

Les trois humains n'en crurent pas leurs yeux en découvrant sa véritable apparence.

Alyss et Iselle s'étranglèrent de surprise. Sire Kendrick frotta sa barbe, comme chaque fois qu'il ne comprenait pas ce qui se passait – un geste qu'il répétait souvent. Belzébul lâcha un sifflement qui pouvait signifier : « Est-ce que je suis en train de rêver ? »

– Soyez les bienvenus dans la Galerie des Cocons, leur lança Gryselda. Ici, nous sommes en sécurité. C'est mon domaine privilégié. La magie de Morlok ne peut y pénétrer, je m'en suis assurée grâce à la mienne.

Artémus examina les lieux avec attention, fasciné par ses dimensions. De part et d'autre d'une allée sans fin, sous une haute voûte de pierre que soutenaient d'épais piliers, des sphères identiques à celle qui avait abrité l'Héritier s'alignaient sur au moins dix niveaux. La galerie devait contenir plusieurs milliers de ces « cocons », puisqu'il fallait les appeler ainsi, estima l'écuyer, au terme d'un rapide calcul. Il posa la question qui lui était immédiatement venue à l'esprit :

– À quoi sert cet endroit ?

Il avait déjà sa petite idée, mais préférait en obtenir confirmation de la gardienne.

– De nurserie aux dragons, évidemment ! C'est ici qu'ils viennent au monde. Ou plutôt qu'ils *venaient*...

Gryselda afficha une moue attristée qui lui donna l'air d'avoir dix mille ans, au bas mot... ce qui était d'ailleurs peut-être le cas !

– Cela fait bien longtemps que je n'ai plus assisté à la moindre naissance, ajouta-t-elle. Une véritable éternité ! Ce problème met en péril l'avenir même de l'espèce, malgré sa longévité.

– Vous êtes certaine de ne pas oublier quelqu'un ? intervint Artémus en désignant le dragon blanc qui paraissait avoir encore grandi depuis son passage par la prairie.

– Pas du tout. Merzhyn est plus âgé qu'il n'y paraît. Il est venu au monde longtemps avant le déclenchement de la guerre qui a vidé le royaume de ses habitants.

À l'énoncé de son nom, l'Héritier émit un sifflement et lâcha un jet de fumée, le premier depuis qu'Artémus l'accompagnait. Le garçon partagea avec lui une émotion voisine de la fierté.

– Merzhyn, répéta-t-il à mi-voix, conscient que ces deux syllabes possédaient une aura particulière.

Arzach et Ezekyelle agitèrent leur cou, comme pour saluer ce roi perdu puis retrouvé.

– Quand je l'ai découvert, il n'était qu'un bébé, rappela l'écuyer.

– Un simple effet de l'éloignement de son foyer, expliqua Gryselda. Et aussi de ma magie, se hâta-t-elle de préciser avec un petit sourire. Tu comprends ? Je voulais que Merzhyn passe inaperçu durant son exil. Alors je l'ai réduit aux dimensions d'un dragonneau. C'était aussi plus facile de le protéger de la sorte, en l'entourant d'un cocon.

Artémus acquiesça. Néanmoins, cela n'éclairait pas complètement sa lanterne.

– Vous l'avez exilé du Royaume Caché parce que Morlok voulait l'éliminer et régner à sa place, c'est bien ça ? demanda-t-il.

– Oui. J'espérais qu'il mènerait une vie tranquille en surface. Sauf que le sorcier a fini par l'y retrouver, l'obligeant à regagner son cocon et à fuir de nouveau à l'intérieur des mondes…

– Le dragon de glace ! s'exclama l'écuyer. Il avait pour mission d'éliminer l'Héritier. Il a bien failli avoir ma peau et celle de mes amis !

Gryselda hocha sa tête ronde de haut en bas en guise de confirmation.

– Mais tu t'es montré suffisamment malin et courageux pour y échapper, sinon tu ne serais pas ici devant moi, aujourd'hui.

Artémus approuva en rougissant.

– Voilà sans doute la raison pour laquelle Merzhyn t'a désigné comme son champion, reprit la gardienne. D'instinct, il a reconnu en toi une âme aussi généreuse que combative. Son cocon s'est alors débrouillé pour remonter ta piste, en traversant les mondes par leurs liaisons secrètes. Mais je suppose que ce mouvement a attiré l'attention de Morlok, malgré toutes les précautions prises.

– Ça tombe sous le sens, souligna Axarès, qui avait jusque-là gardé le silence. Le sorcier n'a rien d'un imbécile.

Gryselda se planta devant l'orc, les mains sur les hanches. Elle avait beau ne lui arriver qu'à mi-cuisse, elle ne semblait pas du tout le craindre.

– Je me disais bien, aussi, que je te connaissais... Ma mémoire n'est plus infaillible, hélas, mais le son de ta voix résonne encore dans mon esprit. Tu étais l'un des généraux de Morlok !

Axarès ne chercha pas à nier.

– J'ai cessé de me soumettre à l'autorité de ce monstre, voulut-il quand même se justifier.

– Un monstre ? Oh non, tu fais erreur ! Ou alors, tous ceux qui agissent par pure ambition peuvent être traités de la sorte !

– Morlok a déclenché une guerre par haine des dragons, protesta Artémus. Et transformé le peuple des fées en licornes pour les punir de ne pas lui avoir apporté la victoire espérée...

– Tu es à la fois bien et mal informé, l'interrompit Gryselda. Le sorcier a causé beaucoup de dégâts, c'est vrai. Par sa faute, le Royaume Caché s'est vidé de ses habitants. Les dragons ont préféré le lui abandonner et gagner l'un des mondes de la surface – celui que vous appelez justement Dragonland. Les fées ont pour leur part subi la Grande Malédiction. Les orcs se sont éparpillés dans les profondeurs, à l'exception d'une poignée restée fidèle à leur maître. Mais ce n'est pas la haine qui l'a motivé au départ. Plutôt la jalousie. Un sentiment très commun, éprouvé par l'ensemble des créatures qu'on prétend intelligentes.

La grimace de Gryselda montrait néanmoins ce qu'elle pensait d'un tel comportement.

– Quelle raison avait-il d'être jaloux, et surtout de qui ? s'étonna Artémus.

Un silence fila avant que la mère des gardiens ne lâche :

– De son aîné, né une minute à peine avant lui. Ce qui en fait pourtant l'héritier légitime du trône des dragons.

– Attendez ! Vous voulez dire que…

– Merzhyn et Morlok sont frères, oui. Tu n'avais pas encore deviné ?

Chapitre 23

Le Champ des Pierres Debout

Le dragon blanc ressemblait énormément à l'Héritier. À première vue, il paraissait difficile de les distinguer. Les deux avaient peu ou prou la même taille maintenant que le souverain légitime du Royaume Caché avait fini de grandir. Un détail les différenciait, cependant : celui qui venait d'apparaître entre deux pierres dressées possédait un regard de feu d'une ardeur aveuglante, impossible à croiser. Les flammes qui y dansaient rappelaient celles de la mer qu'ils avaient traversée pour atteindre le Royaume Caché.

– Tu te présentes enfin sous ta véritable apparence, l'apostropha Alyss.

L'un des orcs voulut la réduire au silence d'un coup de poing, mais Morlok le figea sur place d'un simple mouvement de la tête.

– Je ne veux pas qu'on malmène mes invités, c'est bien compris ?

Les autres créatures grommelèrent des oui entre leurs lèvres de roc-vif.

– Ils me sont très précieux, ajouta le dragon-sorcier. Car je dois les échanger contre quelqu'un qui l'est encore plus à mes yeux.

Comprenant l'allusion, Iselle cracha avec défi :

– Artémus n'acceptera jamais votre chantage !

– Que tu crois, jeune Protectrice. Ton ami n'aura pas le choix s'il tient vraiment à vous… À *toi*, en particulier…

Morlok n'esquissa qu'un geste du bout de ses doigts griffus. Pourtant, une partie du sol se déroba juste devant Iselle, révélant un abîme rougeoyant d'où montait une chaleur infernale.

Alyss s'écria :

– NON ! Pas elle ! Jette-moi là-dedans à sa place !

– Un peu de patience... ton tour viendra si le champion ne cède pas à mes exigences !

Furieuse, Alyss bondit en brandissant le coutelas caché sous sa manche. Elle visa l'endroit où devait battre le cœur du dragon-sorcier, sous sa carapace d'écailles immaculées. Les orcs ne furent pas assez rapides pour l'arrêter, mais la lame se brisa sans même égratigner Morlok. Celui-ci s'empara de la broche épinglée à la chemise de la Protectrice et la réduisit en miettes avec une facilité déconcertante.

– Ici, la dragonite ne peut rien contre moi. Nul ne peut me porter un coup fatal, ni me blesser. Le Royaume Caché baigne dans le feu primordial, à la fois source de notre existence et de notre magie. Autrement dit, je suis invincible...

Il repoussa Alyss entre les bras de ses sbires.

– Prends-moi, alors, espèce d'abominable salamandre ! le provoqua soudain sire Kendrick dans un brusque accès de courage (ou d'inconscience). Mais laisse Iselle tranquille ou je te le ferai regretter !

Morlok retroussa ses babines dans une parodie de sourire qui exhiba des crocs d'une blancheur éclatante.

– Ta véritable nature se révèle toujours aux moments les plus dramatiques, dragonnier... Tu n'es pas le pleutre grotesque que tu parais. Je t'en félicite. Mais je n'ai pas besoin de ton sacrifice. Vois-tu, même s'il te sert avec beaucoup de zèle, tu n'es pas celui que ton écuyer apprécie le plus...

Le dragon-sorcier haussa la voix et pointa le museau vers l'une des pierres aux gravures chatoyantes avant d'enchaîner :

– Gryselda, brave et chère nourrice de notre espèce, je sais que tu me vois et que tu m'entends, calfeutrée dans ta nurserie. Préviens notre champion que je lui accorde une heure – pas plus ! – pour me livrer Merzhyn. Sinon, je précipite la jeune humaine dans le feu primordial...

Artémus et la mère des jumeaux réprimèrent un frisson d'horreur. Ils avaient assisté à l'apparition de

Morlok, sous sa véritable apparence, ainsi qu'à son odieux chantage, à travers un carré de lumière ouvert par magie dans l'air, telle une fenêtre sur la colline aux pierres dressées. L'écuyer devait lutter pour dominer sa rage et son envie de se précipiter sans réfléchir à la rescousse d'Iselle. Mais Gryselda l'en dissuada.

– Le premier des dragons est apparu il y a plusieurs centaines de milliers d'années, raconta-t-elle. Le feu lui a donné la vie. Mais pas n'importe quel feu ! Il n'est pas constitué du même genre de flamme que les autres. Il ressemble plutôt à celui d'une étoile. Une infime part de ce feu primordial brûle dans le cœur de chacun des nouveau-nés dont j'ai eu la charge. Et dans celui de Morlok plus que dans tout autre depuis qu'il a appris à maîtriser la magie…

– Je ne peux pas le laisser sacrifier Iselle ! s'emporta Artémus. Mais qu'arrivera-t-il à Merzhyn ? Son frère le tuera-t-il ?

– Non, même lui n'a pas assez de pouvoir pour ça. Un dragon ne meurt pas comme tout le monde. Il finit par s'éteindre lorsque le feu cesse de brûler en lui. Morlok veut simplement que son aîné prenne sa place dans le Champ des Pierres Debout...

La vieille dame parlait d'une voix calme. Artémus comprit que ce qu'elle lui disait était très important. Il laissa la panique refluer pour l'écouter jusqu'au bout.

– Alors que la guerre s'éternisait, un groupe de fées rebelles a essayé d'y mettre un terme. Elles ont réussi à attirer Morlok dans un piège d'où il n'est pas censé sortir. Pour lui, les Pierres Debout sont comme les barreaux d'une prison impossible à fuir. Elles sont chargées d'une magie assez puissante pour l'endormir. Le stratagème a fonctionné pendant plusieurs siècles...

– Mais le dragon-sorcier a fini par se réveiller, comprit Artémus. Il restait incapable de quitter le Champ mais il a pu de nouveau puiser à la source du feu primordial. Il s'est vengé, d'abord en abattant la Grande Malédiction sur le peuple des fées. Puis il s'est attaqué aux habitants de Dragonland...

Gryselda opina en grimaçant.

– Il a recouvré une partie de sa puissance d'antan, confirma-t-elle. Il est obligé d'agir à distance, en manipulant des créatures nées de son imagination infernale, qu'il compose à partir d'éléments et de matériaux rassemblés par magie. Mais s'il était libre d'agir et de se déplacer sous sa véritable apparence, je te laisse imaginer les dégâts qu'il pourrait causer...

Artémus préféra ne pas y penser. Il avait déjà vu plusieurs fois (et de trop près à son goût) de quoi le sorcier encore prisonnier de la magie des fées rebelles était capable ! Mais tout s'éclaircissait maintenant dans l'esprit de l'écuyer.

– Si Merzhyn accepte de remplacer son frère dans le Champ des Pierres Debout, devina-t-il, alors le dragon-sorcier régnera sur le Royaume Caché...

– Impossible, gronda Axarès. Tu as entendu Gryselda ? Libéré, Morlok récupérerait sa pleine puissance, il menacerait l'ensemble des mondes. Le tien subirait le même sort que Dragonland, ou pire, j'en suis certain ! Et ce ne serait qu'un début. Morlok est ivre de pouvoir et de destruction. Je l'ai servi un temps, je n'ai aucun doute à ce sujet. Le feu primordial l'a rendu fou ! Il ne doit jamais sortir de sa prison, tu m'entends ?

Artémus toisa l'orc sans rien dire, tout en réfléchissant. Puis il croisa le regard de Gryselda et, enfin, celui de l'Héritier qui se tenait près des autres dragons, en retrait de la discussion. Il paraissait attendre que le garçon prenne une décision.

– Tu m'as désigné comme ton champion, Merzhyn, lui lança Artémus avec résolution. Le moment est donc venu que je me montre digne de ta confiance !

Chapitre 24
Le champion de tous les dragons

Sans armure ni épée, Artémus se faisait l'impression d'un piètre dragonnier ! Mais il montait Arzach en affichant autant d'assurance et de fierté qu'il s'en sentait capable. Il s'agissait maintenant de se montrer à la hauteur de la réputation que Morlok lui accordait…

Aie confiance, Artémus.

Maintenant, la voix de Merzhyn résonnait avec clarté sous le crâne de l'écuyer. L'Héritier avait enfin la taille d'un dragon adulte et il volait au côté d'Ezekyelle, même s'il était encore un peu maladroit dans ses mouvements d'ailes. Axarès les précédait tous, à la façon d'un héraut annonçant l'arrivée d'un important seigneur. Il avait promis de veiller jusqu'au bout sur l'écuyer obstiné, et il comptait bien tenir parole.

Les orcs de la garde du sorcier décollèrent dès qu'ils aperçurent l'équipage qui piquait droit vers le sommet de la colline aux pierres dressées. Ils échangèrent des insultes avec leur ancien général, sans pourtant oser engager le combat car, face à trois dragons, ils n'étaient pas certains de l'emporter.

– Posez-vous en dehors du Champ ! ordonna Morlok. Ensuite, que mon frère s'avance seul jusqu'à moi !

Artémus attendit d'avoir mis pied à terre avant de rétorquer d'une voix ferme – bien qu'un peu plus aiguë que la normale :

– Relâche d'abord mes compagnons.

Il tentait d'ignorer Iselle, maintenue en équilibre au bord du précipice par la simple volonté du dragon-sorcier. Même si la jeune fille avait l'air plus enragée qu'effrayée, il suffisait d'une parole malheureuse, d'un geste mal interprété… et Morlok n'hésiterait pas à la faire plonger dans l'abîme !

– Je serais idiot de me séparer de mes otages.

– Tu n'as pas besoin de trois humains en plus d'un dragon.

– C'est vrai que certains d'entre eux m'encombrent… Très bien, je t'accorde ces deux-là !

Le dragon-sorcier libéra Belzébul de son filet, puis il fit signe à sire Kendrick de grimper sur son dos pour qu'ils déguerpissent au plus vite. Tous deux se hâtèrent de rejoindre leurs amis de l'autre côté du Champ.

– Maintenant, ajouta Morlok avec impatience, Merzhyn doit me rejoindre, ou la lignée des Protectrices va prendre fin !

Osera-t-il ? interrogea Artémus en pensée, terrorisé à l'idée de perdre Iselle ainsi qu'Alyss.

N'attendons pas de le découvrir, répondit l'Héritier, en s'avançant d'un pas décidé.

Il franchit la limite des Pierres Debout, déclenchant l'embrasement fugitif de leurs gravures magiques.

– Je viens à toi, mon frère, dit-il à voix haute. Seul, comme tu l'as exigé. Tiens ta promesse et laisse les Protectrices s'en aller…

– Tu me reconnais donc comme l'unique roi des dragons ?

Il y avait de l'espoir dans la voix de Morlok. Mais de l'incrédulité, aussi. Après tant d'efforts et de machinations, il touchait enfin au but. Artémus put ressentir son émotion, très vive, comme un écho de pensée qui lui donna le vertige.

– Peut-être le mérites-tu, admit Merzhyn. Peut-être t'ai-je mal jugé…

Il se tut et s'arrêta à moins de trois pas de son cadet d'une minute seulement. Face à face, le cou redressé, adoptant une position identique, les deux frères immaculés étaient difficiles à différencier. Tandis qu'ils se dévisageaient, Alyss s'approcha d'Iselle pour l'agripper aussi fermement que possible.

Merzhyn rompit alors le silence :

– … ou peut-être pas, en fin de compte !

Ouvrant la gueule en grand, le dragon, majestueux, cracha son premier feu. Surpris, Morlok ne put rien faire pour l'éviter. La flamme, d'une absolue pureté, l'atteignit au poitrail en le faisant vaciller.

Malheureusement, pas suffisamment pour qu'il bascule, comme l'espérait son aîné, dans l'abîme toujours ouvert à ses pieds...

Tout se déroula ensuite à une vitesse insensée. Les deux Protectrices s'écartèrent d'un bond du gouffre au fond duquel brûlait le feu primordial. Puis mère et fille coururent rejoindre Artémus. L'écuyer n'eut pas le temps de se réjouir des retrouvailles. Morlok lâcha un hurlement de rage en même temps que sa propre flamme blanche, d'une ardeur bien supérieure à celle de son frère aîné.

Frappé à l'aile, ce dernier gronda de douleur.

La souffrance de l'Héritier se répercuta dans l'esprit de son champion comme dans celui des Protectrices. Tous trois encaissèrent le choc avec difficulté. Encore quelques coups comme celui-là et ils s'effondreraient, terrassés. De son côté, Merzhyn ne tiendrait pas longtemps avant de perdre ce duel fratricide...

– Donnez-moi vos mains ! s'écria Artémus. Je sais quoi faire !

L'idée lui était venue en se rappelant sa deuxième confrontation avec Morlok. Bien sûr, à ce moment-là, le dragon-sorcier agissait à distance, en manipulant une créature de sable et de poussière. Rien ne garantissait que le stratagème employé alors fonctionnerait de nouveau. Mais le champion était décidé à agir.

Iselle et sa mère n'hésitèrent pas un instant. Elles empoignèrent les paumes offertes du garçon. Dès le contact établi, un doux frisson parcourut le trio et leurs esprits se connectèrent. Les Protectrices comprirent aussitôt ce que l'écuyer avait en tête.

Ils se concentrèrent pour entrer dans les pensées des trois dragons qui les entouraient.

Croisez vos feux avec celui de votre roi ! commanda Artémus, soutenu par Alyss et Iselle.

De fait, Arzach, Ezekyelle et Belzébul mirent tout leur cœur à l'ouvrage. Ils crachèrent avec une énergie décuplée par l'espoir que s'achève ici même le trop long exil de leur espèce.

La flamme d'exception produite par l'entremêlement de leurs feux ajouta sa puissance inédite à celle de l'Héritier.

Aussi, une onde de chaleur incroyable déferla sur le sommet de la colline aux pierres dressées.

Un bref moment, les Protectrices et le champion fusionnèrent totalement. Leurs sentiments se mêlèrent en une entité qui était plus que la simple somme de leurs personnalités. Ce fut une expérience unique et foudroyante. Plus de secret possible entre eux : chacun sut tout ce que savaient les deux autres. Iselle reçut l'immense amour de sa mère, mais aussi son estime pour la grande Protectrice qu'elle deviendrait. En retour, elle lui renvoya sa gratitude et son respect infinis. Quant à Artémus, il put s'assurer d'être aimé d'Iselle au moins autant qu'il l'adorait sans oser le lui avouer...

Cela ne dura qu'une fraction de seconde, le temps que la superflamme touche sa cible au cœur. Cette fois, Morlok fut emporté sans pouvoir résister. Il agita vainement ses ailes avant de chuter.

On l'entendit pousser un cri et appeler le nom de son aîné, pour l'implorer ou bien le maudire, on ne le saurait jamais !

Les Pierres Debout étincelèrent une dernière fois avant de s'éteindre. Puis l'ouverture dans le sol se referma et elles reprirent l'apparence de banals rochers. Même leurs anciennes gravures, que les fées rebelles avaient tracées, s'étaient effacées.

Artémus, Alyss et Iselle se lâchèrent la main, vidés de leur énergie mais plus soulagés que jamais. Ils n'avaient plus besoin de mots pour se comprendre et cela les troublait un peu. Enfin, l'effet de leur fusion se dissipa progressivement. Ils échangèrent des sourires, heureux, tout simplement.

Leur maître disparu, les orcs ne savaient plus quoi faire. Axarès reprit naturellement le commandement.

– Hors de ma vue ! grogna-t-il. Nous réglerons nos comptes plus tard…

Alors, les soldats saluèrent leur ancien général avant de s'envoler à tire-d'aile.

Sire Kendrick poussa un hourrah, comme s'il était le responsable de cette victoire. Emporté par son enthousiasme, il souleva Alyss entre ses bras et effectua avec elle une danse tourbillonnante. La Protectrice éclata de rire avant de lui demander de la reposer par terre.

– Je crois qu'il vaudra mieux ne pas tout raconter à mon père, confia Iselle à Artémus avec un brin de malice.

Puis, de son ton le plus sérieux du monde :

– Tu nous as sauvé la vie, *champion* ! Et par la même occasion, tu as sauvé le Royaume Caché…

– Remercie surtout Arzach, Belzébul et Ezekyelle. C'est leur feu et leur bravoure qui nous ont permis de triompher.

Malgré ses paroles, l'écuyer rougissait sous l'effet du compliment.

Il entraîna Iselle jusqu'à Merzhyn, qui contemplait, pensif, l'endroit où son frère avait disparu. Il n'y avait plus rien à voir qu'un carré d'herbes hautes, qu'une douce brise caressait.

– Est-ce qu'il est…

– … mort ? compléta Merzhyn. Non, comment le feu pourrait-il détruire ce qui ne vit que par lui ? Mais il aurait peut-être mieux valu, car ce qui brûle au cœur des mondes n'est pas près de rendre ce qu'on lui a offert.

Après un silence, Artémus voulut en savoir plus.

– Le feu primordial est à l'origine de toute magie, expliqua le roi des dragons. Rien n'égale sa puissance. Mais pour tout ce qu'il donne, il faut parfois lui sacrifier autant. C'est ainsi que l'équilibre se maintient entre les mondes. Toutes celles et tous ceux qui pratiquent la magie appliquent cette règle à leur façon, parfois cruelle. Le feu a donc reçu Morlok, et il le gardera dans sa prison pour l'éternité, le faisant renaître de ses cendres à chaque instant. C'est une terrible punition…

L'Héritier poussa un soupir à fendre l'âme.

– J'aurais aimé que ça se termine autrement, assura l'écuyer.

– Morlok devait être éliminé, d'une façon ou d'une autre. Et c'était à moi de m'en occuper. J'aurais fait un mauvais roi si j'avais refusé cette responsabilité. Mais, sans ton concours, je n'y serais jamais parvenu. Tu auras ma gratitude pour l'éternité, Artémus !

– Merci… J'ai quand même l'impression que vous m'avez *manipulé*, Votre Majesté. Est-ce que je me trompe ?

Merzhyn eut l'équivalent dragon d'un éclat de rire.

– J'apprécie ta franchise ! Et je te demande pardon d'avoir dû ruser pour parvenir à mes fins. Mais il fallait que j'instille le doute dans l'esprit de mon frère pour l'emporter. Il croyait tellement à l'histoire que j'ai inventée qu'il a fini par ne plus se méfier de moi.

– Alors je n'ai jamais été le champion de quoi que ce soit ?

– Bien sûr que si ! Tu n'as pas hésité à braver tous les dangers pour m'accompagner jusque dans le Royaume Caché. Encore moins à venir affronter mon frère pour sauver tes amis. Et tu as reçu le don accordé jusque-là aux seules Protectrices. Je t'ai peut-être inventé, Artémus l'écuyer, mais, à présent, cela ne fait plus aucun doute : tu es bien le champion incontesté de tous les dragons !

Épilogue

Arzach, Ezekyelle, Belzébul et Axarès décidèrent de rester dans le Royaume Caché pour aider Merzhyn à lui redonner vie. Ce qui ne serait qu'une étape dans un long processus, comme l'expliqua l'Héritier :

– Le feu va de nouveau circuler jusqu'à la surface de Dragonland, par les cheminées de ses volcans. L'atmosphère se réchauffera peu à peu, la glace fondra et, un jour, il y fera aussi chaud que dans la Vallée. Les exilés pourront de nouveau habiter ce paradis créé exprès pour eux. Et vous y serez toujours les bienvenus, je vous le garantis !

Artémus, sire Kendrick et les Protectrices remercièrent le roi des dragons pour cette invitation.

– En attendant que Dragonland redevienne vivable, reprit l'écuyer, vos sujets pourront gagner le

Royaume Caché en toute sécurité. Sans dragons, les choses vont sérieusement changer à Idyllia !

– Pauvre papa, s'attendrit Iselle. Il va être obligé de se reconvertir dans un autre commerce !

– Nous l'y aiderons, assura Alyss. Et puis, je doute que tous les dragons s'en aillent. Après tout, les mentalités ont commencé à évoluer. S'ils peuvent cohabiter avec les humains sans être réduits en esclavage, je suis sûre que certains accepteront de rester. Qu'en pensez-vous, Votre Majesté ?

Merzhyn prit le temps d'y réfléchir avant de répondre :

– Je souhaite que nous ayons des rapports d'égalité, dragons, humains, fées, orcs, et toutes créatures qu'on puisse concevoir. Le chemin sera semé d'obstacles, mais j'ai bon espoir de voir ce vœu se réaliser. Ici même, dans le Royaume Caché, les naissances reprendront et Gryselda veillera bientôt sur une nurserie pleine ! Une nouvelle génération de dragons fera son apprentissage en harmonie avec les autres espèces. Tout ceci grâce à vous, mes amis !

Les humains apprécièrent le compliment, récompense de leurs efforts.

Néanmoins, toutes ces émotions les avaient épuisés, et ils rêvaient maintenant de calme, de repos. De retour dans leur foyer ou leur contrée.

– Sans dragons, ce sera long et exténuant, se plaignit sire Kendrick. D'abord, comment va-t-on remonter jusqu'à la surface de la Vallée ? On ne va quand même pas escalader le cratère du volcan à mains nues !

Le problème se posait, en effet. Il avait toutefois sa solution. Celle-ci se présenta sous la forme d'une nuée de petites demoiselles ailées et multicolores, surgies dans le ciel au-dessus de la prairie. Elles étaient des centaines ! Certaines transportaient des espèces de hamacs tressés de véritables guirlandes de lianes agrémentées de fleurs.

L'une des fées se détacha de l'essaim pour virevolter autour d'Artémus en lâchant une traînée d'étincelles dans son sillage. Elle n'eut pas besoin de se présenter pour qu'il la reconnaisse, d'autant qu'elle était la seule à porter une robe immaculée.

– C'est toi ! s'exclama-t-il joyeusement. Je suppose que je ne peux plus t'appeler Étincelle, comme avant…

La fée vêtue de blanc approcha ses lèvres de l'oreille du garçon et, dans un froissement d'ailes, lui murmura son véritable nom.

– Mais c'est un secret entre nous deux, s'empressa-t-elle d'ajouter à voix haute. Chaque fois que tu auras besoin de mon aide, il te suffira de le prononcer et je volerai jusqu'à toi aussi vite que possible !

Ce privilège qu'elle lui accordait émut profondément l'écuyer.

Le cœur serré malgré sa fatigue, le garçon adressa ses adieux à l'ensemble des fées, puis s'installa dans l'un des filets végétaux. Alyss, Iselle et sire Kendrick l'imitèrent, agréablement surpris par le confort de ce moyen de transport.

Bientôt, les humains s'élevèrent dans les airs en saluant les dragons derrière eux, avec l'espoir de les revoir un jour prochain, peut-être pas si lointain…

Mais cela, c'est une autre histoire !

À propos de l'auteur

Johan Heliot écrit pour la jeunesse comme pour les adultes depuis vingt ans. Il a signé plus de quatre-vingts romans dans les genres de l'Imaginaire (science-fiction, fantastique, fantasy) chez de nombreux éditeurs, seul ou en collaboration avec d'autres auteurs.

Il vit actuellement dans les Vosges avec sa femme et ses chats.

Retrouvez des nouvelles de l'auteur et son actualité sur la page Facebook de Johan Heliot !

Table des matières

Table des matières

Du même auteur, chez Fleurus :

La Dernière Sorcière

Un univers sombre et envoûtant saupoudré de magie et de créatures ensorcelées...

Réveillée au beau milieu de la nuit, Anya doit fuir. Fuir pour sauver sa vie. Fuir en laissant derrière elle sa mère, arrêtée par les soldats du Lord de la Nuit, qui fait régner la terreur sur le Möhrland.

Mais Anya n'a pas l'intention de suivre les conseils de sa mère et de l'abandonner à son triste sort. Même si cela signifie se jeter dans la gueule du loup...

Aidée d'Errol, un jeune comédien, et de son rusé corbeau, avec lequel Anya parvient à communiquer, la jeune fille entame une course contre la mort pour arracher sa mère aux griffes du Lord de la Nuit... et pour découvrir, enfin, le secret de ses origines.

Illustrations de Shiilia

La Dernière Sorcière
Johan Heliot
FLEURUS
Johan Heliot
La Dernière Sorcière
FLEURUS

Certifié PEFC
Ce produit est issu de forêt gérées durablement et de sources contrôlées
www.pefc.it
PEFC/18-31-103

Achevé d'imprimer en mars 2021 par Rotolito en Italie
Numéro d'édition : J21131
Dépôt légal : mai 2021